당신의 수식어

당신의
수식어

더 큰 세상을 향한
전후석의
디아스포라 이야기

창비

5부

경계인의 가능성

나 그리고 당신의 수식어를
찾아가는 여정

대한민국에 사는 이들이 스스로를 부르는 말인 '한국인'은
대한민국 국적자에 한정된 단어이다. 영어로는 '코리안'이
라는 공통 호칭이 있지만 공교롭게도 우리말로는 우리 전
체를 아우르는 단어가 없다. 한반도 밖에서 살아가는 이들
은 조선족, 자이니치(재일 교포), 고려사람, 재미 교포, 재독
동포, 한인 입양아, 탈북자 혹은 조선인 등 다양한 수식어
로 불릴 뿐이다. 이와 마찬가지로, 한국에 들어온 타 국가
출신의 이민자들도 온전한 한국인으로 불리지 않는다. 외
국인, 이주민, 다문화, 국제결혼 신부 등의 수식어에 머무
를 뿐이다.

나의 수식어가 무엇인지 오랫동안 고민하던 중에 '디아스포라'라는 개념을 접했다. 처음에는 팔레스타인을 떠나 전 세계에 흩어져 사는 유대인들을 지칭하는 표현인 줄로만 알았다. 하지만 대한민국을 떠나 미국에 살면서, 여러 국가에서 자신을 코리안으로 소개하는 다양한 친구들과 마주치며 디아스포라가 유대인뿐 아니라 대대로 이어 온 삶의 터전인 본국을 떠나 타지에서 살아가는 모든 이들을 통칭하는 것임을 알게 되었다.

'코리안 디아스포라', 시간이 지나며 이 단어는 내게 학계에서 통용되는 딱딱한 역사적 용어가 아니라 생명력 넘치는 아름다운 얼굴들로 거듭났다. 중국 연변의 일수와 수청의 순박한 표정으로, 상파울루 봉혜찌로의 에스더와 수정 누나의 세련된 모습으로, 함부르크에서 멋진 춤을 추던 재독 교포 선미와 창환 형 부부의 환대로, 미국 클레어몬트 대학 잔디밭에 누워 기타를 치던 데이비드와 샘의 자유로움으로, 광화문에서 인권 퍼포먼스를 하던 탈북자 친구들의 행진으로, 샌디에이고에서 무대에 올라 정체성의 혼란을 랩으로 표현하던 한인 입양아 대니얼의 절규로, 케이프타운에서 붉은 악마 유니폼을 입고 "대한민국!"을 외치던 남아공과 호주 교포 친구들의 포효로, 요르단의 허름한 지하에 모여서 잔잔하게 찬송가를 부르던 한인 선교사들의 고백으로. 무엇보다 내가 한 번도 만나 본 적 없는, 하지만 디아스포라의 개념에 생명을 불어넣은 고 헤로니모 임(임은조) 선생의 선한 눈빛으로.

우즈베키스탄의 고려인 발레리 한(Valeriy Khan) 교수는 어느 석상에서 "우리 디아스포라들은 결국 사라질 것인가."라는 질문을 던졌다. 어둡지만 희망을 염원하는 그의 얼굴 표정과 질문은 나에게 깊은 인상을 남겼다. 한 민족의 문화, 언어, 역사, 기억과 존재가 본국을 떠나며 희미해져 없어진다는 것은 어떤 뜻일까. 발레리 한 교수의 질문을 곱씹다가 나는 또 다른 질문을 던져 보았다. "디아스포라가 실제 존재하더라도 그들에 대한 인식과 담론, 이야기가 부재한다면 그들을 과연 존재한다고 할 수 있을까?"

디아스포라에 대한 이야기라니, 얼핏 고지식하게 들린다. 이 수식어가 한반도의 이들에게 생소함과 왠지 모를 위화감을 주는 것같이 한반도 밖의 코리안들 역시 자신을 디아스포라라 표현하는 데 애를 먹는다. 나 역시 그랬다. 내가 직접 체험하고 이론을 통해 개념을 구체화하기 전까지는 디아스포라의 존재에 대해, 그 가능성에 대해 무지했었다. 하지만 쿠바에 가서 우연히 한인을 만나며 디아스포라에 빠져들었다.

디아스포라들은 서로 비슷하면서도 다르고, 다르면서도 비슷하다. 언제, 그리고 왜 한반도 밖으로 향했는지 각자의 이유가 다르고, 자신이 정착한 현지 국가의 정치 체제, 경제 상황, 민족 구성에 따라 자신을 인식하는 방법이 다르다. 하지만 한반도를 떠나면서부터 이민자 혹은 이민자 자녀, 소수자, 이방인이 되었던 그들의 경험은 비슷하다. 낯선 환경 속에서 자신의 존재를 묻고, 자신의 수식어를 찾는 몸부림이 닮아 있다. 그래서 더욱 궁금해졌다. 그들과 나의 존재를 설명하는 여러 수식어들 중 '코리안'이란 과연 어떤 의미를 지닐까. 한반도 밖의 코리안 디아스포라들은 대한민국의 한국인들, 아니, 한반도 안의 모든 이들과 어떤 관계를 형성해야 할까.

나는 디아스포라들을 대한민국이라는 나라 밖에 있는 어떤 대상으로서의 존재가 아니라 각자의 자리에서 온전히 존재하는 주체로 인식하기 시작했다. 그리고 다양한 문화의 충돌과 혼합으로 발현되고 내재된 그들의 디아스포라라는 정체성에, 수식어에 매료되었다.

　나와 당신의 수식어를 찾아가는 여정에 여러분을 초대
한다.

1부

우연이 바꾼 나의 세상

아바나에서
만난 한인

설레는 마음으로 호세 마르티Jose Marti 공항에 들어서자 후
덥지근한 열대야 공기가 미국에서 온 이방객을 맞이했다.
12월 28일, 한창 추운 뉴욕을 떠나왔기에 순식간에 새로운
곳에 도착한 실감이 났다. 긴 수속을 밟고 배낭을 찾아 입
국장을 통과하니 많은 인파가 자신의 친지, 가족들을 기다
리다 생소한 내 모습에 낯선 눈길을 보냈다. 나는 그들 사
이에서 내 이름이 적힌 피켓을 두리번거리며 찾았다. 며
칠 전 예약했던 호스텔에서 운전사를 공항으로 보내 준다
고 했기 때문이다. 한참을 걸어 나오다가 "Joseph from
Canada"라고 쓰인 피켓을 발견했다. 당시 뉴욕에는 쿠바

직항편이 없어 토론토를 경유했는데 나의 비행 정보를 받고는 내가 캐나다에서 온 캐나다인인 줄 안 듯했다. 피켓에서 눈을 떼 살펴보니 중년의 아시안 여성이 서 있었다. 쿠바에서 만난 첫 쿠바인, 그는 아시아계였다.

그와 나는 둘 다 조금 당황했다. 어색하게 짧은 인사를 나눈 뒤 그는 공항 바로 옆에 있는 주차장으로 앞장섰다. 빛바래고 오래된 차들이 늘어선 주차장에서 단단해 보이는 파란색 소련제 차 '라다'에 몸을 실었다. 공항을 떠난 지 몇 분 후, 나는 그녀에게 혹시 중국계냐고 물었다.

"No, I am Korean. My grandfather came here."

그가 한인이라는 말을 듣는 순간, 나는 이 일주일간의 배낭여행이 내가 계획한 대로 진행되지 않을 것이라는 직감이 들었다. 파트리시아 임, 그와의 만남은 일주일간의 여정은 물론 향후 4년, 아니, 나의 인생을 송두리째 바꾸어 놓았다.

2015년, 내 운명을 바꾼 이 쿠바 여행은 한국과 미국에서 벌어지던 여러 정치·사회적 환경에 대한 관심에서 시작되었다. 당시 한국에서는 '헬조선'이라는 키워드가 젊은이들의 심리를 대변하고 있었다. 나라를 지옥으로 표현하다니, 멀리 미국에 있던 내게도 충격이었다. 나는 이런 자조적인 사회 풍조가 어떻게 생겨났는지 궁금했다.

그즈음 나는 뉴욕 한인 신문에 법률 정보나 칼럼들을 때때로 기고했는데, 한번은 한국 사회 내부에 건강한 가치관이 결여되면서 헬조선 현상이 나온 것이 아닐까라는 논조의 글을 썼다가 악플 세례를 받았다. "재미 한인 변호사가 한국의 현상에 대해 무엇을 안다고 함부로 왈가왈부하느냐."라는 댓글들이 주를 이뤘다. 댓글들을 살펴보며 나는 내가 한국의 또래 친구들이 피부로 느끼는 사회적 부조리를 온전히 이해하고 공감할 수 없다는 것을 깨달았다.

그러면서도 이 냉소적 세계관을 조금 더 깊게 이해하고 싶었다. 그리고 헬조선 현상이 과도한 경쟁, 물질 만능주의, 획일적 삶의 방식을 강요하는 사회 구조, 그로부터 발생하는 불공정한 현실의 종합적인 결과물이 아닐까 생각했다. 공교롭게 당시 미국에서도 2008년 경제 위기 이후 '월가를 점령하라(occupy the wall street)'처럼 개혁을 부르짖는 사회 운동이 일어났고, 특히 2015년에는 미국 대선을 앞두고 대통령 후보로 출마한 버니 샌더스가 자본주의의 폐해와 상위 1퍼센트의 탐욕에 대해 비난의 목소리를 높이며 선풍적인 인기몰이를 하고 있었다.

한국과 미국이 겪고 있는 사회 현상들을 지켜보며, 한국이나 미국의 젊은이들과 달리 사회주의 체제에서 살아가는 젊은 친구들은 어떤 생각을 가지고 있을지가 궁금해졌다. 그렇게 나는 표면적으로나마 사회주의를 표방하고 있는 쿠바로 향하기로 결정했다.

우연을 필연으로
만든 초대

막연한 호기심으로 찾아간 여행지에서 예상치 못하게 한인의 후손을 만난 나는 한껏 고무되었다. 나는 차 안에서 파트리시아에게 쉴 새 없이 질문을 했다.

"할아버지는 언제 여기에 왔어요?"

"100년도 더 전에 왔네요."

"쿠바에 한인들이 많이 사나요?"

"한 1,000여 명 정도 있어요."

"한국에 가 본 적은 있나요?"

"아뇨, 없어요. 나라를 떠나는 게 힘드니까요."

파트리시아는 한국말을 못했지만 영어를 제법 했기에 우리는 더디지만 대화를 이어 갈 수 있었다. 쿠바는 생각보다 모든 면에서 열악했다. 파트리시아의 차는 1986년산이었는데 안전벨트도 없었고 신호등에 걸려 설 때마다 시동이 꺼졌다. 자동차 배기가스 정화가 안 되어 지나가는 모든 차마다 검은 연기를 내뿜었다. 파트리시아는 체 게바라를 좋아한다는 내 말을 듣고는 일부러 우회해 체 게바라의 얼굴이 크게 보이는 광장을 한 바퀴 돈 후 숙소로 이동했다.

30분 정도 도로를 달려 어느새 숙소에 도착했고 나는 못다 한 이야기에 아쉬움이 남았다. 그것을 눈치챘는지, 숙소에 짐을 옮긴 후 파트리시아가 나한테 물었다.

"내일 계획이 어떻게 돼요?"

뚜렷한 계획을 갖고 쿠바에 오지 않았기에 다음 날 스케줄은 비어 있었다. 기대에 찬 눈빛으로 그녀의 다음 말을 기다렸다.

"내일 우리 가족이 쿠바에서 2시간 정도 떨어진 바라데로Varadero의 친척들을 방문하는데, 혹시 함께 갈래요?"

나는 주저 없이 "Let's do it!"이라고 외쳤다. 파트리시아는 다음 날 오전 7시에 숙소 앞으로 나를 데리러 오겠다고 말하며 오래된 차의 엔진을 켰다. 전혀 생각지도 못한 방향으로 여행의 성격이 뒤바뀌고 있었다. 설레는 마음을 주체할 수 없어 숙소를 나와 아바나 시내를 걸어 다녔다.

영화에서만 보던 낡은 차들과 건물들, 낙후하지만 모든 이웃들이 정겹게 이야기를 나누는 골목길들…. 시간이 정지된 것 같은 쿠바에서 낯선 이방인의 정취를 만끽했다.

가만 생각하면 신기한 일이었다. 공항에서 숙소로 이동하느라 만난 운전사가 다음 날엔 나를 환대하는 친구가 되다니. 사실 사람 사이의 관계는 종이 한 장 차이로 달라진다. 필요에 의해서 만난 이들과 인간적인 관계로 발전하는 것은 순전히 의지에 달려 있다. 분주한 현실 속에서는 주변 사람들을 기능적이고 사무적으로 대하기 쉽지만 여행지에서 마주치는 이들은 금세 새로운 삶의 방식과 문화를 알려 주는 스승이자 벗이 되기도 한다. 모든 사람들을 인격적으로 알아 가고자 하는 마음의 여유와 호기심만 있다면 현실에서 매일매일 마주치는 이들을 통해서도 충분히 새로운 세상을 들여다볼 수 있다.

만약 그날 파트리시아의 초대가 없었다면 「헤로니모」라는 영화는 없었을 것이다. 파트리시아 역시 손님으로 만난 내가 향후 3년간 자신의 부친에 대한 영화를 제작할 것이라고는 상상도 하지 못했을 것이다. 이방인에 대한 따뜻한 호기심과 관심에서 시작한 우연한 스침이 필연적인 만남으로 거듭났다.

낡은 앨범 속에서
살아난 헤로니모

다음 날 오전 7시 우리는 아바나 시내를 지나 바히아Bahia
라는 외곽 도시로 향했다. 과연 어떤 일이 벌어질까. 나는
흥분을 가라앉히지 못한 채 이동하는 내내 엉덩이를 들썩
였다.

드디어 한산한 주거 지역의 어느 집 앞에 차가 멈추었고
파트리시아는 나를 집 안으로 인도했다. 집에 들어서자마
자 한인의 후손임을 알려 주듯 벽면을 장식한 하회탈과 태
극기가 보였다. 예상보다 더 특별한 날이 시작되고 있다고
느꼈다.

파트리시아의 아들 센더는 아직 앳돼 보이는 열두 살 남

짓의 소년이었다. 그와 하이 파이브로 인사하는 동안 고령의 할머니가 등장했다. 바로 파트리시아의 어머니인 크리스티나 장이었다.

소파에 앉아서 이곳저곳을 두리번거리던 내게 할머니는 특유의 무관심한 표정으로 덤덤히 인사를 하고는 사라지셨다. 그러고는 몇 분 후, 오래되어 보이는 두꺼운 사진 앨범을 가지고 다시 나타나셨다. 몇 페이지를 넘기더니 "김신, 김구 썬."이라고 말씀하셨다. 내가 무슨 말인지 이해하지 못하자 할머니는 몇 번이나 같은 말을 반복하셨다. 사진을 자세히 들여다보았다. 거기에는 김구 선생의 아들인 김신 장군이 있었고, 그 옆으로 멋진 노년의 남성이 앉아 있었다. 왜 김신 장군의 사진이 쿠바의 허름한 집 앨범에서 등장하는 거지? 장군 옆의 노신사는 누구지? 이 이상한 상황이 당혹스러웠다.

곧 할머니는 구석에 가시더니 여러 개의 박스에 가득 차 있는 오래된 앨범들과 유품, 각종 문서 등을 가져와 내 앞에 펼쳐 놓으시며 하나씩 설명하시기 시작했다. 젊은 시절 크리스티나 할머니의 사진들, 스페인어로 된 책들, 손 편지, 훈장 같은 메달들. 나는 마음을 추스르고 집중하기 시작했다. 조금씩, 아주 조금씩 퍼즐이 맞춰졌다. 할머니는 10여 년 전 세상을 떠난 자신의 남편에 대해 이야기하고 있었던 것이다. 모든 사진과 문서에는 Jeronimo Lim이라는 이름이 적혀 있었다.

"En coreano 임은조, en espanol 헤로니모 임!(한국어로는 임은조, 스페인어로는 헤로니모 임!)"

그녀는 고인에 대한 이야기를 하나씩 이어 갔다. 아홉 개의 훈장을 받았고, 쿠바 정부의 높은 지위에 있었고, 쿠바 공산당원이었으며 혁명에 참가했고, 체 게바라와 일했고, 피델 카스트로와 함께 학교를 다녔으며 한인회의 리더였고, 한인들을 위해 열심히 노력했으나 아무도 모르게 안타까운 죽음을 맞이했다고. 그리고 그는 반드시 세상에 알려져야 하는 인물이라고.

나는 가방에 있던 소형 카메라를 꺼내 이 순간을 촬영하기 시작했다. 스페인어 자료들을 읽지 못해 아쉬웠지만 사진을 통해 본 헤로니모라는 인물의 신비함에 끌리기 시작했다. 쿠바 혁명가인데 후에는 한인들을 위해 여생을 바친

인물이라니…. 젊은 시절의 그는 분명 늠름하고 멋지고 낭만적으로 보였다. 나이 든 그의 얼굴 깊은 주름 속에는 말못 할 고민의 흔적과 따뜻한 인자함이 느껴졌다. 할머니의 어눌한 영어 설명이 사진과 합쳐지며 내 가슴에 하나의 불씨가 지펴졌다. 어떤 강력한 힘에 이끌린 나는 카메라를 보며 어느새 이렇게 말하고 있었다.

"크리스티나 할머니, 고인이 되신 남편분께서 보여 주셨던 한국의 뿌리와 문화와 정체성에 대한 모든 업적, 세상에 알려질 수 있게 제가 도와드릴게요."

헤로니모는
누구인가

헤로니모 임, 한국 이름 임은조는 쿠바 혁명에서 공을 세운 한인이다. 헤로니모의 철자는 Jeronimo이지만 스페인어에서 J는 H로 발음되기 때문에 그의 이름은 Hero(영웅)라는 단어로 시작된다. 내가 고인에게 영문 모르게 이끌렸던 첫 번째 이유는 그가 쿠바 혁명에 참가한 한인이라는 사실이었다.

헤로니모는 1926년, 쿠바에서 태어났다. 그의 부친인 임천택은 1905년, 대한제국 시절에 갓난아기의 몸으로 홀어머니 품에 안겨 인천 제물포에서 멕시코 유카탄반도로 떠나왔다. 헤로니모의 모친 김귀희 씨는 멕시코 유카탄 농장에서 태어났는데 집안이 너무 가난해서 어렸을 때부터 여종 같은 삶을 살았다고 한다. 그녀보다 여덟 살이 많았던 임천택은 그런 그녀를 '구출'하고자 결혼을 했고 쿠바로 이주했다.

헤로니모는 임천택과 김귀희의 9남매 중 장남으로 태어났다. 그는 쿠바에서 처음 대학에 진학한 한인이었는데, 진학한 아바나 법대에서 전설적 인물, 피델 카스트로를 만난다. 헤로니모와 피델 카스트로는 동창인 동시에 진보 정당 오르토독소Ortodox에서 리더십을 발휘했다. 헤로니모는 당시 대통령감으로 회자된 정치인 에두아르도 치바스와 독대를 하며 멘토십을 받을 정도로 이미 정치적 무게감을 지닌 사람이었다.

헤로니모가 결혼한 해인 1952년, 바티스타 장군이 군사 쿠데타를 일으켜 정치적 자유와 언론을 탄압하자 헤로니모는 젊은 지성인들과 함께 군사 정권에 저항하는 활동을 펼쳤다. 피델 카스트로와 체 게바라가 시에라 마에스트라Sierra Maestra 정글에서 게릴라 군대를 조직해 독재 정부군과 투쟁했다면 헤로니모는 수도 아바나에서 비밀 지하 조직을 꾸려 반독재 혁명가로 활동했다. 헤로니모의 아바나

지하 활동 임무는 매우 막중했고 추후 그는 이 활동의 공적을 인정받아 여러 훈장을 받았다.

헤로니모는 1959년 쿠바 혁명 직후 경찰청 요원으로 임명되었다. 이후 체 게바라가 산업부 장관으로 있던 시절에는 산업부로 옮겨 4년 동안 그와 같이 일하기도 했다. 그는 약 30년간 산업부와 식량부의 차관급인 식량 구매국장으로 일하며 사회주의 국가 건설을 위해 힘쓰는 동시에 쿠바 정보국 비밀 요원으로 해외 원정을 다니며 혁명의 이상을 실현하기 위해 열정을 바쳤다. 1988년 퇴직 후에는 아바나 인근 소도시 기테라스Guiteras의 시장에 당선되어 몇 년간 직책을 맡기도 했다.

여기까지가 '쿠바 혁명가'로서 헤로니모의 삶이었다면 그의 또 다른 영웅성은 인생 후반부에 나타난다. 1995년 광복 50주년을 기념해 한국에서 개최된 한민족대축전에 헤로니모가 초청된다. 그는 쿠바에서는 물론 적성 국가 출신으로는 공식적으로 처음 대한민국 땅을 밟은 인물이었다. 이 여행은 헤로니모에게 중요한 전환점이 된다. 10년 전 쿠바에서 타계한 부친 임천택이 그토록 갈망했던 고향 땅을 대신 밟으며 헤로니모는 조국의 의미에 대해 성찰했고 환대해 준 한국인들에게 깊은 동포애를 느낀다. 이는 그의 정체성과 삶의 목적에 혼돈을 주었다. 공산주의 소련이 해체되고 냉전 체제가 와해되며 극심한 빈곤을 경험하던 북한이나 쿠바와는 달리 경제적으로 발전을 이룬 대한민국의 모습을 보며 평생 사회주의 국가 건설을 위해 노력했던 그의 사상에 균열이 생기기 시작한 것이다. 이후 헤로니모는 친동생이 사는 미국 마이애미Miami를 방문했다가 그곳의 풍요로운 모습에 또 한번 큰 충격을 받는다. 그는 고뇌했다.

한국 방문은 아버지 임천택을 새롭게 인식하는 계기가 되었다. 아버지가 멕시코와 쿠바 에네켄 농장에서 고된 노동에 시달리면서도 독립운동을 위해 헌신적으로 노력했던 이유를 짚어 보며 그는 쿠바 혁명을 통해 온전한 나라를 건설하려던 자신의 정신이 아버지로부터 물려받은 것임을 깨달았다. 그리고 어린 시절, 아버지가 왜 그토록 한글 공부와 한인으로서의 정체성을 강요했는지 떠올리며 이를 순순히 따르지 않았던 스스로를 탄식했다.

아버지 임천택은 대한인국민회 쿠바 지부 운영에 중추적 역할을 했고 마탄사스Matanzas와 카르데나스Cardenas 지역에 한글 학교를 세워 쿠바 한인 후손들에게 한글과 민족 정신을 가르쳤다. 무엇보다 쿠바 한인들과 함께 매일 쌀한 숟가락씩을 모아 그 돈을 대한민국 임시 정부에 독립운동 자금으로 송금했다. 김구의 『백범일지』에도 쿠바 임천택의 이름이 등장한다. 임천택은 이후 국내에서 재조명되어 1997년에 건국 훈장 애국장을 추서받았고 그의 유해는 2004년, 국립 현충원에 안장됐다.

한국을 다녀온 뒤 헤로니모는 쿠바 혁명 후 잊히고 사라져 버린 쿠바 한인 공동체 복원과 한인 정체성 회복을 자신의 새로운 소명으로 받아들인다. 쿠바 내 흩어진 한인들을 찾아다니기 위해 그는 낡은 고물 자동차(내가 탔던 바로 그 차!)를 끌고 쿠바 전역 방방곡곡을 돌아다니며 900명이 넘는 쿠바 한인들과 조우했다. 한인 선교사들의 도움으로 한글 학교를 세우고, 「아리랑」과 「만남」을 부르며 풍물놀이와 한국 문화를 알리는 등 쿠바에서 한인으로 살아가는 자신들의 존재에 의미를 부여하려고 노력했다. 선조들의 희생을 기리기 위해 한인들이 처음 도착했다는 항구 도시 마나티Manati와 마탄사스의 엘볼로El Bolo 마을에 기념탑도 세웠다. 헤로니모가 있었기에 쿠바 한인 디아스포라의 뿌리에 다시 불이 지펴졌고 쿠바 한인 공동체가 부활했다.

젊은 날 낭만적 혁명가, 혁명 이후 투철한 사회주의자, 다시 한인 디아스포라의 기원을 부활시킨 휴머니스트로서 헤로니모는 자신에게 주어진 각각의 숭고한 목적에 생을 바쳤다.

계획에 없던
가장 멋진 날

헤로니모에 대한 이야기에 한창 빠져들고 있을 때 파트리시아의 오빠인 넬슨 씨가 도착했다. 우리는 함께 차를 타고 2시간 정도 이동해 파트리시아의 삼촌들이 살고 있는 바라데로라는 바닷가 마을에 닿았다. 나는 마치 영화 속의 주인공이 된 것처럼 어떤 일이 벌어질지 기대하며 그 집에 들어섰다.

제일 먼저 오래된 TV 위에 꽂혀 있던 태극기가 눈에 띄었다. 집에는 변변한 가구가 없었다. 고작 의자 두어 개와 밥상, 그리고 탁자 정도가 전부였다. 모르는 청년이 집에 들어온 상황에 대해 설명을 들은 뒤 두 삼촌 중 한 분이 지갑에 붙여 둔 태극기를 꺼내어 보여 주시며 "I am Korean!"이라고 소리 내어 말씀하셨다.

크리스티나 할머니는 나에게 전병을 좋아하는지 물으셨다. 전병이 무슨 말인지 몰라 그냥 그렇다고 대답하니 할머니는 이내 부침개를 내어 오셨다. 부침개의 옛말이 전병이라는 것을 그때 알았다. 할머니는 나를 앉히고는 양배추를 소금으로 버무려 만든 김치와 볶음밥까지 차려 식사를 대접해 주셨다. 삼촌들은 방금 직접 돌려 만 쿠바 시가를 건네주셨다.

오늘 처음 만난 분들이라기엔 믿기지 않는 자연스럽고 편안한 후의에 말할 수 없는 감정을 느끼고 있을 때 파트리시아가 바닷가 구경을 가지 않겠냐며 나를 이끌었다. 3분 정도 걸어가니 눈앞에 아름다운 카리브해가 등장했다. 뜨거운 태양과 서늘한 바람, 온기가 스며든 에메랄드빛 바다에 들어가 눈을 감으니 꿈인지 생시인지 분간을 할 수가 없었다. 나는 경이로운 이 순간들을 기억 저장소에 입력하려고 애썼다.

센더와 신나게 파도타기를 하고 모래 장난을 치며 느긋한 오후를 보낸 뒤 삼촌들과 인사를 나누고 다시 차에 올라

탔다. 붉은 노을이 지는 카리브해 특유의 장활한 하늘에 매료되어 감상에 젖다 보니 어느덧 차는 아바나 숙소 앞에 도착해 있었다. 일주일 뒤 공항까지 데려다주겠다며 호의를 베푸는 파트리시아 가족과 담백한 인사를 나누고 숙소로 올라왔다.

숙소 침대에 눕자마자 형용할 수 없는 감정에 북받쳐 눈물이 흐르기 시작했다. 지난 24시간 동안 벌어졌던 마법 같은 경험이 가슴속 깊은 곳의 어떤 묵직한 것을 움직였다. 그때 직감했다. 이것이 단순히 신기하고 멋진 경험으로만 끝나지 않을 것임을. 나는 그날 상상 속에서만 존재했던 한인 디아스포라의 실체를 설명할 수 있는 어떤 보물을 발견했다. 정제되지 않은 희열과 떨림으로 오랫동안 심장이 두근거렸다.

코리안 체 게바라
프로젝트

일주일간의 여행을 마치고 뉴욕으로 돌아왔다. 쿠바에서 한인들을 만나지 않았다면 내게 쿠바 여행은 황홀한 카리브해, 헤밍웨이가 즐겨 마셨다는 다이키리 칵테일, 직접 말아서 펴 본 쿠바 시가, 아바나시 어느 허름한 지하실의 재즈 공연, 체 게바라 묘지와 트리니다드Trinidad의 자갈길 같은 평범한 키워드로 남았을 것이다.

하지만 쿠바 한인들을 만나며 이 모든 것은 어느 무대의 배경 소품 정도로 여겨졌다. 나는 곧바로 페이스북에 글을 적어 올렸다.

내 가슴을 가장 뛰게 하는 몇 가지 키워드 중 하나가 코리안 디아스포라이다. 세계 전역에 퍼져 있는 한인, 그들의 정체성과 한인들의 화합이라는 화두는 늘 가슴을 먹먹하게 한다. 이번 여행에서 쿠바 한인들을 만난 것은 그간의 경험들과는 다른 차원의 것이었다. 이 경험을 아직나는 소화하지 못했다. 깨달음을 정리하는 데는 시간이걸릴 듯하다.

하지만 하나는 확실히 알고 있다. 대한민국 근현대사의격동기와 함께한 어느 인생 이야기. 에네켄 농장으로 팔려 와 쿠바에서 소수 민족으로 살아가며 차별과 탄압을이겨 내고, 부패한 쿠바 독재자에 대항해 혁명에 가담하고, 일제 강점기 독립운동 자금을 지원하며 한인의 뿌리를 계승하기 위한 한글 학교를 열고, 한인 공동체를 이어간 노력과 눈물. 이 감동적인 스토리가 소리 없이 연약하게 사라져서는 안 된다는 사실. 어떻게 하면 이들의 이야기가 세상에 나올 수 있을까?

페이스북에 쓴 두서없는 여행기는 미국과 한국의 많은친구와 지인들에게 공유되었다. 내가 큰 감동을 받은 것처럼 많은 이들이 쿠바에도 한인이 존재한다는 사실에, 쿠바 혁명에 참가했던 한인이 있다는 사실에 놀라움을 감추지 못했다. 이후 두어 번에 걸쳐 글을 더 썼지만 도저히 성에 차지 않았다.

그러던 어느 날 자정에 가까운 늦은 시각에 휴대폰을 집어 들고 친구 송재선에게 전화를 걸었다. 그는 뉴욕 최고의 음악 영상 채널인 MTV에서 몇 년간 프로듀서로 일하다가 막 독립해 미디어 회사를 차린 영상 전문가였다.

"오, 조셉. 늦은 시간에 웬일이야?"

"재선아, 얼마 전에 이야기했던 쿠바 한인들… 그들에 대한 영상을 만들어야겠어. 쿠바에 같이 가서 도와줄 수 있어?"

"그래, 조셉. 같이 가자."

재선은 긴말을 하지 않았다. 마치 이미 내가 쿠바 한인들에 대한 영상을 만들 것을 예상이라도 한 듯했다. 무슨 계획을 세웠는지, 어떤 생각을 하는지 전혀 묻지 않고 도와주겠다고 한 재선의 태도는 지금 돌아보면 이 말도 안 되는 여정의 첫 걸음을 자신 있게 내딛게 한 자양분이 되었다. 그의 확답과 함께 나는 곧바로 작업에 착수했다. 어떤 결과물이 나올지, 그 결과물을 어떻게 만들어야 할지는 그렇게 중요하지가 않았다. 가슴을 뛰게 하는 열정이 대부분의 장애물을 해결해 줄 수 있음을 알고 있었기 때문이다. 표현되어야 하고 창작되어야 하고 공유되어야 할 이 이야기를 실행에 옮기지 않는다면 지금의 감동도, 의지도, 의미도 희미해질 것이 분명했다.

먼저 영상 프로젝트를 위해 후원금 모금 캠페인을 구상했다. 쿠바에서 소형 카메라로 어설프게나마 찍어 두었던 영상들을 사용해 5분짜리 비디오를 만들고 후원을 호소하는 내레이션을 곁들었다. 'Korean Che kickstarter'로 구글에 검색을 하면 당시 비디오를 감상할 수 있다. 나는 이 프로젝트를 Korean Che, 즉 '한인 체 게바라'로 이름 붙였다. 실제 헤로니모 선생께서 체 게바라와 같이 일을 했고 말년에 한인들을 위해 희생한 삶의 모습은 체 게바라의 일대기와 닮아 있었기 때문이다.

하지만 이 제목은 오래가지 못했다. 쿠바에서 누군가를 체 게바라와 비교하는 것은 아무리 그 인물이 뛰어날지라도 신성 모독에 가까운 것이었으며 심지어 헤로니모 선생의 가족들조차도 이 말을 부담스러워해서였다.

목표는 크라우드 캠페인을 통해 불특정 다수에게 후원금 1만 불을 유치하는 것이었다. 한 달 안에 1만 불을 채우지 못하면 9,900불이 모금되더라도 모든 것이 무산되는 시스템이었다. 아무리 취지가 좋더라도 누군가의 지갑을 연다는 것은 쉽지 않은 일이다. 우려대로 처음 며칠은 움직임이 더뎠다. 하지만 곧 탄력을 받아 친구와 직장 동료 들 외에 모르는 이들까지 후원을 했고 소셜 미디어를 통해 링크가 활발하게 공유되기 시작했다. 3주가 지나자 1만 불을 돌파했고 4주째에는 1만 불이 더해져 총 2만 불이 마련되었다. 몇 년 동안 연락이 뜸했던 한 지인은 무려 4,000불이나 후원해 주기도 했다.

목표액보다 두 배가 많아지니 쿠바로 함께 갈 제작 팀에 욕심이 생겼다. 원래 예상했던 3명을 6명으로 늘렸다. 나와 재선, 촬영을 도와줄 기훈, 통역과 현장 인터뷰를 담당할 그레이스와 제니퍼, 친동생 의석까지 해서 팀이 꾸려졌다. 나는 당시 뉴욕 코트라KOTRA 지사에서 현지 변호사로 3년째 근무하던 중이었는데, 쿠바 촬영을 위해 3주간 무급 휴가를 떠나겠다고 상사와 본부장님께 선언을 했고 두 분 모두 전례 없이 허락해 주셨다.

이제 파트리시아에게 소식을 알릴 차례였다. 지난 몇 달간 나누던 이메일로 친구들과 함께 쿠바에 가 헤로니모에 대한 영상을 제작하겠다는 편지를 썼다. 그녀는 다음과 같은 답장을 보내왔다.

조셉, 아버지에 대한 너의 관심과 존경이 나와 어머니에게 얼마나 고마운 일인지 몰라. 특히 어머니에겐 중요한 일이거든. 어머니는 아버지 삶의 노고와 유산이 사라져 아무도 그를 기억하지 않는다고 늘 한탄하셨어. 물론 나는 어머니와는 달라. 왜냐하면 아버지가 생전에 내게 해주셨던 말씀을 기억하거든.

아버지는 무슨 일이든 절대로 남들의 시선과 인정 때문이 아니라 오로지 그 일이 옳다는 것을 믿고 하라고 하셨어. 평판 같은 건 신경 쓰지 않는 분이셨지. 늘 정직하셨어. 그가 그런 삶을 살았기에 세간에 잘 알려지지 않은 것이 내겐 크게 상관없어.

그리고 우리 할아버지, 임천택. 그가 한국에 대해 갖고 있었던 애정은 말로 표현할 수 없지. 늘 조국으로 돌아가고 싶어 하셨어. 돌아가신 후 한국에 이장되었을 때 한국은 사랑으로 그를 받아 줬을 거라 생각해. 이런 모든 것을 이해하고 있는 네게 정말 고마워.

파트리시아는 오빠 넬슨과 함께 우리의 제작을 도와주겠다는 말로 편지를 마쳤다.

쿠바에 다녀온 지 7개월 후인 2016년 7월 말, 우리 6명은 쿠바로 떠났다. 파트리시아와 넬슨이 공항에 나와 우리를 맞이했고, 스페인어에 유창한 그레이스와 제니퍼 덕에 손쉽게 대화를 이어 나갔다. 나는 굉장히 든든했고 진심으로 행복했다. 함께 일할 친구들과 정말 이곳으로 돌아온 것이다.

무모한
도전

크리스티나 할머니는 다시 만난 나를 두 팔 벌려 안아 주셨다. 특유의 카리스마로 우리 6명의 마음을 휘어잡았고 도착한 첫날부터 헤로니모 선생에 대한 이야기를 쉴 새 없이 해 주셨다. 우리를 맞이하기 위해 며칠 전부터 헤로니모의 편지와 유품 정리를 단단히 하셨다고 파트리시아가 귀띔해 주었다.

우리는 마음이 급한 할머니를 진정시켜 드린 뒤 뉴욕 한인 마트에서 사 온 한국 음식부터 꺼내기 시작했다. 모든 것을 시작하기 전 그들에게 따뜻한 한식을 만들어 드리고 싶었다. 아주 가끔 한국이나 멕시코 등지의 한인들이 쿠바에 와서 단체로 한식을 먹긴 하지만 이렇게 한인이 직접 옆에서 요리한 음식을 먹는 일은 드물다고 했다. 뉴욕과 아바나는 고작 3시간 반의 거리였지만, 뉴욕에서 늘 손쉽게 먹는 한식이 아바나에서는 귀했다. 그들은 우리가 만든 음식을 진심으로 소중하게 생각했다. 의석이가 만든 김치찌개를 후딱 해치웠고 고추장을 밥에 비벼 먹으며 음미했다. 그렇게 우리는 2주간의 대장정을 시작했다.

파트리시아와 넬슨은 여러 한인들에게 미리 연락을 해 놓고 인터뷰를 주선해 주었다. 우리는 한인 후손들을 만나기 위해 매일 이동했다. 아바나, 마탄사스, 카르데나스, 바라데로를 돌며 40명 이상의 한인들을 인터뷰했다. 그들은 이야기보따리를 풀었고 우리는 장시간 경청했다. 우리 6명은 어디를 가도 애정 어린 호기심과 환대를 받았다.

그렇지만 모든 것이 순조롭게 진행되었다고 하면 거짓말일 것이다. 셀 수 없이 많은 문제들이 있었다. 마이크가 고장 나고, 조명이 없어 휴대폰 플래시를 동원하고, 인터뷰 답변을 놓치거나 잘못 이해하기도 했다. 열대야가 늘 우리를 따라다녔고 물도 맞지 않았다. 원하는 대로 제때 정확히 진행되는 것은 하나도 없었다. 말 그대로 게릴라식 제작 현장이었다.

쿠바로 다시 가기 전 어떻게 일이 진행될지 전혀 예상할수 없었다. 헤로니모 선생과 쿠바 한인들에 대해 더 구체적인 정보를 얻고 싶은 마음만 있었을 뿐, 어떤 작품이 나올지, 스토리가 어떻게 전개될지, 헤로니모 선생이 정말 영상으로 만들어질 수 있을 만큼 멋지거나 흥미로운 인물일지조차 모를 일이었다. 대학 때 영상을 전공하기는 했지만, 제작보다는 이론 위주였으며 이런 규모의 프로젝트는 당연히 맡아 본 적이 없었다. 그럼에도 불구하고 나는 헤로니모가 잘될 수밖에 없다는 몇 가지 확신을 갖고 있었다.

첫째는 미지의 것을 파헤치려는 신념이었다. 영화의 완성도와 세속적 성공을 떠나, 헤로니모라는 인물을 발굴하는 여정 자체가 세계 전역의 한인 후손들이 태어나 평생 씨름하는 정체성 고민에 어떤 해답을 줄 수 있지 않을까 기대했다. 그래서 더욱 디아스포라라는 주제를 통해서만 헤로니모 선생의 서사를 다루어야 한다고 생각했다. TV 다큐에서 흔히 쓰는 상투적 구조를 따른다거나 쿠바 한인들의 과거사를 통해 애국심을 고취하는 내용으로 다루기는 싫었다. 디아스포라적 관점에서 헤로니모 이야기를 풀어 나가야 신선한 주제 의식을 던질 수 있을 거라 믿었다. 그리고 나 스스로가 디아스포라이고 이 주제를 오랫동안 고민했기 때문에 이 이야기를 할 자격이 있다고 생각했다.

둘째는 우연성의 묘미였다. 쿠바에 가서 우연히 파트리시아를 만났을 때 당시 갖고 있던 소형 카메라를 꺼내 든 것이 이 프로젝트의 시작인 만큼 우연성에 기반한 이야기의 성격이 흥미로운 포인트가 될거라고 생각했다.

이런 확신에 차서 무모한 도전을 시작했지만, 나는 모든 면에서 어설프고 부족했다. 재선과 기훈에게 촬영과 관련한 모든 것을 의존했고, 그들은 본인의 역할을 십분 발휘해 주었다. 동생 의석과 그레이스는 분위기 메이커 역할을 톡톡히 했다. 특히 라틴계 미국인인 그레이스는 한국어를 독학해 연예계에서 활동하던 중이었는데, 당시 쿠바엔 한류 붐이 거세게 일고 있었기에 그녀가 한류 스타와 일하며 함께 찍은 사진을 꺼내 보이면 딱딱하던 현장 분위기가 눈 녹듯 풀어지곤 했다. 제니퍼 역시 스페인어를 섭렵한 재미교포로 쿠바에 여러 번 다녀간 경험을 살려 큰 도움을 주었다.

정신없이 일을 하는 우리와는 별개로 우리를 둘러싼 상

황은 여유로웠다. 쿠바인들의 낙천적인 모습은 내가 이곳에 다시 왔다는 사실을 일깨우며 자주 감격하게 만들었다. 어떤 면에서 우리는 미지의 탐험가 같았다. 잘 알려지지 않았던 쿠바 한인들의 현재와 과거를 모험하고 역사의 한 장면을 발굴한다는 생각에 우리가 만나는 모든 이들과 모든 경험을 진심으로 끌어안았다.

「헤로니모」는 그렇게 시작되었다.

2부

정체성의 조각들

당연히 한국인이던
시절

흔히 사람들은 묻는다. 어떻게 영화를 시작하게 되었냐고. 애초에 「헤로니모」라는 영화를 만들겠다는 계획이 있었던 것은 아니다. 내가 풀고 싶었던 정체성의 문제를 가장 잘 표현할 수단으로 영화를 선택했다는 것이 정확하겠다. 쿠바에서 한인들을 만난 것이 영화를 만들게 된 결정적인 기폭제이지만 사실 이 여정의 시작은 그전으로 거슬러 올라간다. 「헤로니모」는 결국 나를 찾는 여정의 결과물이었기 때문이다.

나는 미국에서 태어났다. 미국 미네소타 대학에서 박사 과정을 밟으시던 아버지, 그를 따라 미국으로 오신 어머니는 유학 중 나와 남동생을 낳으셨고, 내가 네 살 때 우리 가족은 한국으로 돌아왔다. 초등학교 때 아버지의 안식년으로 1년 반 정도 미국에서 지낸 경험을 제외하고는 열아홉 살까지 한국에서 전형적인 한국인으로 자랐다.

서울 노원구에 정착한 우리는 여느 한국 가정처럼 평범했다. 간혹 사진첩에서 이국적인 건물 앞 넓은 잔디밭에서 뛰노는 어릴 적 사진을 발견할 때 외에는 내가 미국에서 태어난 미국인임을 인지하며 산 적이 없었다. 초등학생 때 한번은 수업 시간에 돌아가면서 고향이 어디인지를 발표했는데 내 고향이 미국 미네소타라고 말하고는 아이들만큼이나 나도 어색해했던 적이 있다.

초등학교를 졸업하고 중학교와 고등학교를 거치며 나는 공부보다 농구와 영화를 좋아하는 소년으로 자랐다. 친구들과 '배고파'라는 팀을 짜서 농구 대회에 나갔고 구청장 대회에서는 우승을 하기도 했다. 방과 후면 학교 옆 잔디밭에서 인생 이야기를 나누고 영화를 좋아하던 집안의 영향으로 영화 평론가가 되고 싶다고 생각하기도 했다. 개개인의 개성과 창의성, 가능성과 가치를 시험 점수로 치환해 버리는 교육 제도에 불만을 토로하며 중학교 졸업 후 꼭 대안

학교에 진학해서 남들과 다른 길을 걷겠다고 지키지도 못할 다짐을 하기도 했다. 이 시절의 나는 여느 청소년들과 다르지 않았다.

특히 한국에서 자라는 동안 나는 피부색이 다른 사람들이나 다른 문화권에서 온 이들에 대해 전적으로 무지했다. 한국에서 유치원부터 고등학교 1학년까지 정규 과정을 거치면서 한 번도 같은 반에서, 심지어 전교에서 외국인 학생을 보지 못했다. 단일 민족과 순혈주의를 추종하는 교과서를 읽으며 살구색이 아닌 살색으로 그림을 그리던 세대였다. 간혹 시내에서 외국인을 마주치면 신기해하며 짧은 영어 실력으로나마 그들에게 말을 붙이고 싶어 하는, 딱 그 정도의 관심만 갖고 있었다.

이렇게 인종적, 문화적으로 다양한 환경에 노출될 기회가 없었다는 것은 어떻게 보면 나를 형성하는 가장 기본적인 요소인 민족적 정체성에 대해 고민할 기회가 없었다는 뜻도 된다. 정체성이란 상대적인 개념이어서 주위 모두가 나와 같은 인종, 민족, 문화 배경을 갖고 있으면 나 자신을 객관적으로 인식하지 못할 가능성이 더 클 수밖에 없기 때문이다.

2013년 『워싱턴포스트』는 하버드 경제 연구 기관에서 나온 보고서 등을 인용해 전 세계 190개 국가의 650개 인종을 분석한 결과 대한민국과 북한이 세계에서 인종적으로 가장 단일한, 반대로 말해 인종적 다양성이 가장 낮은 국가라는 기사를 실었다. 공교롭게도 같은 해 비영리 기구인 세계가치조사에서 발표한 「타 인종에 대한 관용성·수용성 보고서」에서도 대한민국은 타 인종에 대한 관용성이 가장 낮은 국가 중 하나로 분석되었다.

물론 인종적 단일성 자체가 한 나라의 다양성을 판단하는 유일한 기준이 될 수는 없다. 모든 나라는 역사와 지리, 종교, 인구 구조 등 여러 구성 요소가 다르기 때문에 다양성의 정도도 여러 시각에서 살펴보아야 한다. 특히 근대 이후 전 세계가 산업화, 제국주의, 식민지, 전쟁, 난민 발생, 자본주의와 세계화 등의 과정을 겪으며 인종과 문화의 결합은 더 심화되고 복잡해졌다. 그러다 보니 각 나라의 역사나 정치·지리의 맥락을 무시한 채 무조건 다양성을 갖추어야 한다고 주장하는 것이 오히려 폭력적일 수 있다. 독립된 주체로서 존재하는 개개인을 단순히 한 민족의 일원으로 간주하는 시각 자체가 부당할 수 있다. 그럼에도 불구하고 민족이나 문화의 다양성이 높은 사회일수록 각 구성원은 자아 혹은 타인의 정체성에 대한 인지와 민감성, 담론에 더 발달되어 있을 수 있다.

적어도 이 시기까지 내가 한국인으로서 내 정체성을 실험해 보고 그 정당성과 의미에 대해 고민할 수 있는 환경을 만나지 못한 것은 사실이다. 한국에서 한국인으로 사는 것은 내가 실은 한인임을 자각하지 못하게 할 정도로 안정적인 것이었다.

그런 나에게 갑자기 다른 정체성을 택할 기회가 주어졌다. 고등학교 1학년 중반을 지나고 있을 즈음의 어느 날, 아버지께서 나를 부르시더니 내가 고3이 되는 내후년이 아버지의 안식년이라는 이야기를 꺼내셨다. 이어서 아버지는 조금 더 심오한 질문을 덧붙이셨다.

"너는 미국에서 태어났기 때문에 이중 국적을 가지고 있어. 국내법상 열여덟 살 전까지 미국 시민권과 한국 시민권 중 하나를 결정해야 해. 한국에서 한국 시민으로 살아가려면 미국 시민권을 포기하고 현재처럼 한국 학교에서 생활을 이어 가다 대학에 진학하고 군대를 가고 한국인으로 살면 돼. 하지만 만약 미국에서 미국 시민으로 살아가겠다고 하면 네가 고3이 되는 해에 가족 모두 미국으로 떠날 거야. 마침 안식년이기도 하니 네가 대학에 갈 때까지 미국 생활에 적응할 수 있도록 도움을 줄 수 있겠지. 어느 나라에서 책임 있는 시민으로 살아갈지 스스로 결정했으면 좋겠구나."

그때까지 단 한 번도 내가 미국에서 미국인으로 살아갈 것이라고 상상해 본 적이 없었다. 한국 교육과 청소년들의 삶의 질에 불만을 느끼고는 있었지만 부적응형은 아니었다. 학교에선 줄곧 반장을 맡았고 친구들과 사이도 좋았다. 농구부 활동도 재밌었고 학업 성적도 나쁘지 않았기 때문에 처음에는 아버지의 제안을 시큰둥하게 여겼다. 사실 한 사람의 국적을 결정한다는 것, 그 결정의 무게를 깊이 고민할 수 있는 성숙함이 내겐 없었다. 나는 대한민국의 평범한 열일곱 살 고딩이었을 뿐이다.

하지만 곧 한 편의 영화가 나를 크게 흔들어 놓았다. 고등학교 1학년 여름, 「죽은 시인의 사회」라는 영화를 본 것이다. 영화 속 키팅 선생님은 미국 명문 사립 고등학교에서 입시 스트레스에 찌든 상류층 자녀들에게 이제는 너무 익숙한 한 대사를 속삭인다.

> Carpe Diem. Seize the day. Make your lives extraordinary. (카르페 디엠. 이 순간을 네 것으로 만들어라. 너의 삶을 특별하게 만들어라.)

'카르페 디엠'은 단순히 낭만적인 영화 대사에 그치지 않고 내 삶의 중심에 가장 중요한 가치관으로 자리 잡았다. 그리고 마음속에 떨어트린 하나의 씨앗처럼 시간이 갈수록 점점 자라났다.

비슷한 시기에 읽은 홍정욱의 『7막 7장』이라는 책에서 미국은 나의 상상을 자극하는 넓은 세상으로 다가왔다. 고등학교 1학년 2학기 중간고사를 치른 뒤, 나는 내가 하는 결정이 앞으로 내 삶에 어떤 파장을 일으킬지, 내 정체성에 어떤 영향을 끼칠지 예상하지 못한 채 미국행을 결심했다. 그렇다, 나는 영화 한 편, 책 한 권으로 인생의 가장 중요한 결정을 내린 것이다.

미국에 가기 전, 미국식 수업도 익히고 영어도 배우기 위해 가장 가까이에 있는 외국인 학교로 전학을 갔다. 의정부시에 있던 이 외국인 학교는 흔히 생각하는 특권층 자녀들이 다니는 으리으리한 학교와는 전혀 달랐다. 허름한 동네 상가의 위층 몇 개를 사용하는 열악한 환경이었지만 이곳에서 나는 1년 반 동안 행복한 시절을 보냈다.

외국인 학교 농구 리그가 있어 좋아하던 농구를 원 없이했고, 부족한 영어 실력과 별 볼 일 없는 나의 의견에도 관심을 가져 주시는 미국인 선생님들 덕분에 내 생각을 피력하는 글쓰기와 토론을 즐겼다. 한국 학교에서 허락되지 않았던 긴 머리와 염색을 해 봤고 첫 여자 친구도 사귀었다. 물론 대학 입시를 위한 공부를 계속했지만 나를 인격적인 주체로 존중해 주는 선생님들의 청교도적인 삶과 건강한 공동체 의식에 큰 감화를 받으며 한국 학교에서 경험하지 못한 자유를 누렸다.

무엇보다 나는 이곳에서 다양한 문화권의 아이들과 어울리며 처음으로 자아에 대해 인식하기 시작했다. 이 학교에는 미군 부대 군인의 자녀들, 다문화라고 일컬어지는 혼혈 친구들, 외국 선교사의 자녀들, 나같이 미국에 갈 목적으로 전학 온 친구들 등 다양한 문화와 사회의 아이들이 섞여 있었다. 여러 문화권의 경계에 서 있던 우리들은 학교 안에서 방황하지 않고 어우러졌다.

그리고 한창 한일 월드컵 열기가 고조되던 2002년 3월, 우리 가족은 미국행 비행기에 몸을 실었다. 그렇게 나는 한국인이라는 정체성 너머의 세계로 발을 내디뎠다.

경계에 서다

내가 도착한 곳은 로스앤젤레스Los Angeles에서 서쪽으로 40
분 정도 떨어진 클레어몬트Claremont라는 작은 도시였다. 고
등학교 등교 첫날 체육 시간에 나와 비슷하게 생긴 데이비
드라는 친구에게 인사를 건넸다. 그는 한 살 때 미국으로
이민을 와서 줄곧 미국에서 자란 재미 한인 2세였다. 내가
한국에서 왔다고 하니 데이비드는 자신의 친구들을 소개해
주겠다며 샘, 찰스, 폴을 불러 자리를 마련했다. 그들은 아
직 영어가 미숙한 내게 마음을 열어 주었다.

재미 한인 2세들을 모두 일반화할 수는 없지만 많은 이
들이 공통적으로 가진 환경적 요소들은 존재한다. 대체로

한인 이민자들은 특유의 교육열 때문에 학군이 좋은 동네에 몰리고, 교회를 중심으로 이민 사회를 형성하기 때문에 순수한 면이 있으며 다른 문화권 이민자들에 비해 학구열이 상당히 높다. 미국인들은 평생 경험하지 못할 과외와 학원이 한인 커뮤니티에서는 흔하다. 데이비드와 친구들 역시 이런 환경에서 자랐지만, 그들에겐 조금 다른 무언가가 있었다.

데이비드의 집 다락방에 옹기종기 모인 첫날, 친구들은 자연스럽게 책을 꺼내 읽고 이야기를 나누기 시작했다. 학교에서 내 준 숙제가 아니라 자발적으로 자신들이 원하는 책을 읽고 그 내용에 대해 토론해 나갔던 것이다. 신세계였다.

하루는 데이비드가 갑자기 나에게 물었다.

"조셉, 너는 감옥에 대해서 어떻게 생각해? 나는 미국의 감옥이 너무 많은 수감자를 수용하고 특히 대부분의 수감자가 소수 인종이라는 사실에 분노를 느껴. 그들은 변호사를 선임할 기회도 없고, 인권이 제대로 보장되지도 않지."

"조셉, 너는 우리가 믿는 신앙과 우리가 다니는 교회가
정말 진리를 추구하는 데 도움이 되는 것 같아, 아니면
진리를 속박하는 것 같아?"

나는 한국에 살며 저런 질문들을 던져 본 적이 없었다.
시험을 위한 암기에만 익숙했던 내가 이들 덕분에 사회를
바라보고, 주변의 현안들에 대한 관심을 갖게 되었다.

클레어몬트에는 발디Baldy라는 높은 산이 있는데 우리는
때때로 숲속에 들어가 시냇물 옆 햇볕이 드는 곳에 자리를
잡고 기타를 치고 소설을 읽으며 이야기를 나누었다. 혈기
왕성한 청소년들인 만큼 철없는 장난과 웃음이 끊이지 않
았지만 예술적이고 자유로우며 지적인 에너지 또한 가득
했다. 나는 그들과 함께하며 사회 문제, 정의, 신앙 등 인문
학적 호기심과 자양분을 얻었고 평범한 재미 한인 2세들의
일상을 지켜보며 재미 한인으로의 정체성에도 눈뜨기 시작
했다.

고등학교를 졸업한 나는 UC 샌디에이고 대학교에 진학
했다. 진로가 확실치 않았던 나는 무전공으로 입학했지만
2주가 채 지나지 않아 전공을 결정할 만큼 인상적인 수업

을 듣게 된다. 장 피에르 고랭(Jean-Pierre Gorin, 이하 JP)이라는 프랑스계 미국인 교수님의 '영화의 역사'는 대학에 입학해 첫 번째로 수강한 교양 수업이었다. 교수님은 긴 바바리코트를 입고 형클어진 백발에 뿔테 안경을 쓰고는 대형 강의실을 터벅터벅 걸어 등장했다. 그의 첫마디는 "너희는 할리우드 쓰레기 영화들의 노예다."였다. 그는 프랑스 누벨바그(새로운 영화 언어를 선보여 영화계에 큰 영향을 끼친 1960년대 프랑스 작가주의 감독들)의 일원이었으며 어마어마한 내공의 소유자였다. 자기 삶의 모든 신념과 철학을 영화라는 매개체에 녹여 전달했는데, 그 열정이 고스란히 전해졌다.

"영화는 무엇(what)에 관한 것이 아니다. 그 누가 어떤 것을 이야기해도 상관없다. 영화 공부의 본질은 그것을 어떻게(how) 이야기했느냐를 분석하는 것이다."

"열정이 너를 성공으로 이끌 거라 착각하지 말아라. 성공은 세상의 기준이다. 열정은 너의 삶을 오히려 망가뜨릴 것이다. 하지만 그 열정으로 너는 인생이 보여 줄 수 있는 모든 진리에 더 다가갈 것이다."

"너는 어떤 대상이 아니라 그 대상의 미스터리함과 사랑에 빠지는 것이다. 너는 스토리텔러로서 그 미스터리를 어떻게 보여 줄 것인가?"

JP 교수님의 입에서 나오는 모든 문장은 수수께끼 코드처럼 난해했지만, 철학적 깊이가 느껴졌고 나는 그것에 매료되었다. 그는 말했다. 자신이 가르치고 싶은 것은 영화가 아니라 삶에 대한 열정이라고. 나는 위대한 혁명 사상가가 존재한다면 아마 교수님을 닮았을 거라 생각했다.

강렬한 첫 수업이 끝나고 한국에 계신 엄마께 영화 「박하사탕」의 DVD를 미국으로 보내 달라고 부탁했다. 대학 진학 바로 전 여름에 봤던 「박하사탕」은 내게 깊은 여운을 주었다. 영화의 주인공이었던 설경구 배우의 "나 다시 돌아갈래."라는 외침과 거꾸로 흘러가는 기차의 이미지는 오랫동안 내 뇌리에 남았다. 그의 절규는 물리적 과거가 아니라 자신에게 내재했던 옛 순수함에 대한 갈망이었을 것이다.

영화를 봤던 열아홉 살의 나는, 나 역시 세월이 지나 미래의 시점에 가면 영화의 주인공처럼 과거의 내 순수함과 이상을 갈망할 것 같았다. 왜 그랬을까. 주인공처럼 세월의 풍파와 현실의 장벽 앞에서 중요하게 생각했던 가치들을 하나둘씩 버리고 타협할 것이 두려웠을까. 주인공이 대학 시절 눈물을 흘리는 마지막 장면에서는 사무치게 씁쓸한 감정과 아름답다는 마음이 공존했다.

나는 이토록 작품성 높은 영화와 훌륭한 감독이 한국에 있다는 것을 JP 교수님께 소개하고 싶었다. 하지만 일주일 후 수업 시간까지 DVD는 도착하지 않았다. 아쉬운 마음으로 수업을 시작하려는데 교수님이 들어와 말씀하셨다.

"오늘은 너희에게 영화 한 편을 소개하려고 한다. 근래에 본 영화 중 가장 마음이 저리고 훌륭했던 작품이다. 제목은 「Peppermint Candy(박하사탕)」!"

그때 느꼈던 전율을 아직도 기억한다. 300명이 넘는 미국 학생들 사이에서 나는 짜릿짜릿한 희열에 엉덩이를 들썩거리며 영화를 재감상했다. 수업이 끝나자마자 교수님께 달려가 내 소개를 하고 신기한 우연에 대해 말씀드렸다.

흥분해서 두서없이 주절대는 나에게 그는 웃으면서 악수를 청했다. 이 한 번의 에피소드는 나에게 굉장히 소중한 것이었다. 교수님의 수업을 들으며 영화와 삶, 스토리텔링에 대한 그의 래디컬한 믿음과 사유, 열정에 영향을 받았고 영화를 공부하기로 결심했다.

JP 교수님은 대학 초기 영화에 대한 강한 열정으로 당신에게 다가간 나를 따뜻하게 대해 주셨다. 하지만 시간이 지나며 나는 영화 외 여러 사회적 이슈에 더 큰 관심을 가졌고 대학 3학년 때 로스쿨에 가기로 결정하며 전공 수업에 소홀해졌다. JP 교수님은 어느 날 수업 중에 나를 크게 호통치셨다.

"너는 나를 실망시켰다. 너같이 인생의 모든 것을 영화에 걸 것처럼 나에게 다가왔던 대부분의 학생은 그 확신을 저버린다. 너 같은 학생들에게 내 믿음을 주었다는 것을 후회한다. 무엇을 하든 앞으로 열심히 해라."

그날의 기억은 나에게 오랫동안 상처로 남았다. 내가 존경하는 이가 나에 대한 실망감을 정제되지 않은 언어로 표현하는 것을 담대하게 받아들일 수 있는 내공이 없었다. 오랜 시간이 지난 뒤에야 그의 감정을 조금이나마 이해할 수 있었다. 그의 순수한 작가 정신과 삶의 태도 앞에 나의 게으름과 부족한 열정은 너무도 기준 미달이었던 것이다.

죄책감을 느끼며 교수님을 실망시키고 로스쿨로 커리어를 바꾼 이후로 내가 창작자로, 연출가로, 영화인으로 살 것이라고 단 한 번도 생각해 보지 않았다. 하지만 10년 후 다시 우연한 계기로 「혜로니모」를 만나 옛 전공을 되살리고 내재되어 있던 창작과 스토리텔링의 힘을 끄집어낸 것을 생각하면 계획하지 않은 길로의 신비로운 끌림에 겸허함을 느낀다.

클레어몬트의 친구들과 JP 교수님, 지금까지 내 인생의 축은 이런 인물들로 인해 계속해서 바뀌었고 성장했다. 그래서 현인들은 말하는 것 같다. 인생은 지난 사건들과 경험을 연결할 수 있는 능력이라고.

다수에서
소수로

친구들과 보내는 시간이나 영화 전공 수업을 제외하면 미국 생활 내내 애를 먹었다. 우선 나는 나의 정체성에 대해 중심을 잡지 못하고 흔들렸다.

내가 미국에 가기로 결정한 시기에, 공교롭게도 한국에서는 몇몇 연예인들의 군 입대 문제가 불거져 나왔다. 한 연예인은 군대를 기피할 목적으로 미국 영주권을 택해 국민들로부터 전례가 없는 수준으로 많은 비난을 받았다. 그 일은 미국 시민권을 선택해 미국에 가려던 나에게도 영향을 끼쳤다. 단순히 미국에서 태어나서 얻은 선택의 권한이 어느 순간 군대를 가지 않을 수 있는 특혜가 되어 있었다.

어쩌면 내가 앞으로 더 이상 한국 남성으로 인정받을 수 없을지도 모른다고 생각했다. 비슷한 시기에 미국에 왔던 많은 또래 남성들이 이 문제로 괴롭지 않았을까 싶다. 이것은 군대 미필의 외국 국적 한인 남성이 필연적으로 겪어야 될 관문으로 상당히 오랜 기간 나를 따라다녔고 때론 많이 괴롭혔다.

나는 군대에 가지 않은 것으로 한국인이라는 정체성을 가질 정당성을 상실했다고 느꼈기 때문에 미국에 도착하자마자 최대한 미국인이 되려고 노력했다. 하지만 미국에서 태어났다 뿐이지 한국에서 대부분의 시간을 보내고 한국인으로 살아온 내가 순식간에 미국인이 되기에는 너무 많은 장벽이 존재했다.

한국에서 나는 절대 다수의 일원이었고 존재 자체로 내 가치나 존엄성을 시험받는 경험을 한 적이 없었다. 어느 곳에 가도, 누구를 만나도, 무엇을 해도, 단 한 번도 나의 피부 색깔 혹은 인종적 배경으로 부당한 차별을 겪거나 폄하되지 않았다. 다수의 일원이었기 때문이다. 하지만 미국에 오면서 나는 명백하게 소수가 되는 경험을 하게 된다. 재미 한인은 미국 전체 인구의 고작 0.5퍼센트 정도였고 아시아계 미국인도 5퍼센트를 간신히 넘었다. 한인과 아시아계 미국인이 미국 인구의 다수가 되지 않는 이상 인종적 소수가 되는 불편함은 내가 원한다고 극복할 수 있는 성격의 것이 아니었다. 어느 환경에 가도 소수 집단을 규정하는 편견에 노출될 수밖에 없었다.

물론 이런 편견은 나뿐만이 아니라 외국에서 유학하거나 여행을 하는 모든 이들이 겪는 것일 수 있다. 실제로 많은 유학생과 여행객들이 고국을 벗어난 순간부터 이방인이 되는 불편함을 경험한다. 하지만 근본적으로 그들에게는 자신이 정당하게 속한, 다시 돌아가 다수의 일원이 될 수 있는 조국이 있다. 반면 나는 그때 내가 온전히 속할 수 있는 조국을 잃었다고 생각했다. 한국 시민권을 감히 저버리고 검은 머리 미국인이 되는 것을 자처했기 때문이다.

미국 사회에는 한국계이든, 중국계이든, 일본계 혹은 베트남계이든 공통적으로 겪어야 하는 편견이 있었다. 우리는 미국인들의 눈에 그저 '아시아인'일 뿐이었다. 우리가 백인들을 독일계, 러시아계, 영국계, 스웨덴계 등으로 구별하지 않고 단순히 백인이라 부르고, 흑인들을 흑인이라고 칭하는 것과 같았다. 아시아계 미국인은 미국에서 독특한

두 가지 이미지를 가지고 있었는데 때로는 낯설고 이국적인 외국인이자 차별의 대상으로, 때로는 소극적이고 착한 모범 시민의 표본으로 인식되었다.

실제 미국에서 아시아계는 타 인종에 비해 정치, 경제, 사회적으로 존재감이 낮다. 특히 아시아계 여성들은 성적으로 쉽게 대상화되기도 했다. 20세기 내내 일본과의 전쟁, 한국 전쟁, 베트남 전쟁, 중국과의 갈등을 겪으며 아시아가 미국의 반대편에 서 있었던 역사의 결과물이라는 해석이 있다. 반면 모범 시민이라는 이미지는 얼핏 긍정적으로 보이지만 그 이면에 다른 목적이 깔려 있기도 하다. 주류 미국인들이 흑인이나 라틴계 등 타 소수 민족에 대한 차별과 편견을 정당화하는 데 아시아인들을 이용한다는 것이다. "저 아시아계 이민자들을 봐라. 너희보다 미국에 늦게 왔음에도 불구하고 성실하게 일해서 잘 먹고 잘살지 않느냐. 너희도 사회 구조의 부조리나 공권력의 차별에 대해 항의하지 말고 저들처럼 조용히 열심히 살아라."라는 식이다.

결국 아시아계 미국인들은 코에 걸면 코걸이, 귀에 걸면 귀걸이처럼 때로는 외국인으로, 때로는 모범 시민으로 손쉽게 이용되는 딜레마에서 쉽게 벗어나지 못했다. 하지만 이는 스스로 규정한 정체성과 세계관이 아니며 주류 미국인들이 정하고 속박한 오랜 틀일 뿐이었다. 그렇기에 우리에게는 재미 한인으로서의 정체성을 고민하는 동시에 아시아계 외국인으로서의 정체성 역시 모색해야 할 의무가 있었다.

소수가 되는 경험을 해 본 이들은 자의든 타의든 정체성에 대한 고민을 하게 될 가능성이 높다. 다수가 정해 놓은 편견의 노예가 되지 않으려면 자신을 의식적으로 규정하려는 노력이 필요하기 때문이다. 그런 면에서 정체성이라는 화두는 다수와 주류의 담론이 아닌 소수자들의 담론일 수밖에 없다. 그것은 변두리, 경계인, 소수자들이 자아를 인식하는 중요한 기제이고 주류와 다수에게 자신의 존재를 묻고 드러내는 행위이다.

소수자가 되면서 나는 미국 혹은 한국에서 여러 종류의 소수자로 살아가는 이들에 대해 인식할 수 있었다. 일종의 동질감을 느낀 것이다. 스스로 인종적 소수자가 되는 경험을 하면서 비장애인들 사이에 존재하는 장애인, 남성이 대다수인 직장의 여성 근로자, 이성애자들 사이의 성 소수자들이 맞닥뜨리는 편견과 억압을 알아차릴 수 있는 민감성을 키울 수 있었다. 원하든 원치 않든 자신이 속한 사회에서 늘 소수로 존재하며 반복적으로 타자화되어 버리는 다른 소수자들에 대한 연민과 이해는 결국 나의 정신세계를 더 풍부하게 만들어 주었다.

또 다른 한편으로 내가 온전히 속할 수 있는 공동체를 찾지 못해 적지 않은 외로움을 타고 있었다. 미국 내 한인 학생들은 여러 집단으로 나뉘어 있다. 한국말을 구사하고 한국적인 삶의 방식을 고수하는 유학생 모임이 하나이고, 미국에서 태어나 자란 재미 교포 2세 모임이 다른 하나이다. 하나를 더 보태자면 한인 학생들이 주축이 된 캠퍼스 기독교 모임인데, 이 모임도 유학생과 교포파로 나뉘어 있었다.

내가 속할 수 있는 여러 단체를 찾아다녔다. 하지만 유학생 모임에 가도, 재미 교포 2세 모임에 가도 갈증을 느꼈다. 기독교 단체는 너무 거룩해서 현실과 동떨어져 보였고 재미 교포나 한인 유학생 모임은 너무 소셜 중심이라 가벼워 보였다. 무엇보다 나는 유학생과 재미 교포 사이의 소통 부재에 많이 실망했다. 물론 구성원과 목적이 다른 단체들이지만, 같은 한인인데도 불구하고 편 가르기가 만연했다. 서로를 FOB(Fresh Off the Boat, 배에서 막 내린 사람들이라는 뜻으로 이민자들을 비하하는 표현)와 twinkie(겉은 노랗지만 속에는 하얀 크림이 들어가 있는 미국의 값싼 케이크로, 겉은 동양인이지만 속은 백인 같은 재미 교포를 비하하는 은어)로 부르며 벽을 쌓고 있었다.

유학생과 재미 교포 간의 미묘한 긴장감을 지켜보며 그 중간 어딘가에 있던 나는 소속감에 더 큰 혼란을 느꼈다. 나는 유학생과 비슷한 환경에서 자라 왔지만 미국 출생자로 미국 시민권을 택했기에 재미 교포들처럼 다시 돌아갈 조국이 없다고 인식했었다. 정서적으로는 유학생 같았지만 지향하는 삶의 방향성 면에서는 재미 교포 친구들과 더 동질감을 느꼈다. 의식적으로 미국인이 되기 위해 애썼지만 미국인의 개념은 추상적이었고 전혀 정리가 되지 않은 상태였다. 이렇게 한동안 미국과 한국이라는 두 나라의 문화, 풍습, 삶의 자세의 간극 속에서 나를 바라봤다. 재미한인대학생총회(KASCON, Korean American Students Conference)를 접하기 전까지는 말이다.

처음 발견한
정체성

대학교 2학년이었던 2005년, 재미한인대학생총회에 대해 들게 되었다. 1987년 프린스턴 대학을 다니던 몇몇 한인 학생들이 만든 토론 대회로, 매년 개최되며 미국 내에서 가장 큰 규모와 역사를 자랑하며 자리 잡은 소수계 학생 컨퍼런스였다. 나는 UC 샌디에이고 대학을 다니며 느꼈던 소속감의 부재, 정체성의 혼란, 더 의미 있는 일에 대한 열망을 혹시 이 대회에서 찾을 수 있지 않을까 하는 기대를 갖고 여기에 참가했다. 이 해에는 시애틀에 있는 워싱턴 대학의 재미한인학생회가 대회를 주최했는데, 미국 전역에서 250여 명의 한인 학생들이 참여했다. 나는 처음 경험하는 규모와 수준 높은 컨퍼런스, 또래 학생들의 열정과 지성, 그리고 더 나은 세상을 향한 참가자들의 열의에 매료됐다.

미국 전역에서 모인 학생들은 삶의 배경이 다양했고 각기 다른 분야를 전공했지만 '한인'이라는 공통분모 하나로 첫날부터 서로에게 마음을 열고 친해졌다. 그 시너지는 엄청났다. 나는 이곳에서 간절히 갈망하던, 하지만 실체가 없었던 내 정체성의 일부를 발견하고 있었다. 그리고 그 퍼즐은 대회의 한 세미나에서 완성되었다.

세미나는 아시아계 미국인 저널리즘의 대부라고 알려진 이경원 기자님이 1992년에 터진 LA 폭동 사건을 통해 재미 한인의 정체성이 어떻게 탄생했는지에 대해 설명하는 내용이었다. 그는 여든 살에 가까운 나이에도 불구하고 모든 권위와 가식을 내려놓고 젊은 한인 학생들에게 사건의 진실을 호소했다.

1992년 4월 29일, 로스앤젤레스에서는 미국의 흑역사 중 하나로 기억이 될 폭동이 터졌다. 일주일 가까이 지속된 폭동으로 수백 명의 사상자와 1조 원의 경제적 손실이 났다. 폭동의 발단은 1991년 3월, 10여 명의 백인 경찰들이 로드니 킹이라는 한 흑인을 구타한 것이었다. 이 장면은 미국 전 언론에 보도되며 미국을 발칵 뒤집어 놓았다. 흑인들과 인권 단체, 소수 인종 단체들은 격분했다. 많은 이들이 이 사건을 통해 소수 민족의 인권이 개선되고 정의가 실현되길 희망했다.

하지만 현실은 다르게 흘러갔다. 과잉 진압으로 기소되었던 4명의 경찰들이 1년 후 재판에서 대부분 무죄 선고를 받고 풀려난 것이다. 재판 결과가 보도된 몇 시간 후, 결과에 분노한 흑인들과 히스패닉계가 거리로 쏟아져 나왔고 폭동이 시작되었다. LA 폭동 사건은 미국에서 흑백 갈등의 대표적 사례로 다루어진다. 하지만 흑백 갈등만큼 중요한 또 다른 목소리는 아직까지 주목받지 못하고 있다. 바로 재미 한인들의 이야기이다.

1991년 로드니 킹 사건이 일어난 지 불과 2주 후, 로스앤젤레스에서 또 다른 사건이 터졌다. 상점을 운영하던 재미 한인 두순자 씨가 라타샤 할린스라는 흑인 소녀가 물건을 훔쳤다고 의심하여 그에게 총격을 가해 사망케 한 것이다. 소녀의 죽음 이후 이어진 재판에서 두순자 씨는 약소한 실형을 받았는데 평소 한인들과 갈등 관계에 있던 흑인 커뮤니티는 이를 계기로 한인 커뮤니티와 더 깊은 각을 세우게 된다. 사건을 더욱더 악화시킨 것은 미국 주요 언론이었다. 두순자 사건을 지나치게 부각해 앞선 로드니 킹 사건을 무마하려 했고 인종 차별, 흑백 갈등, 공권력 남용 같은 사태의 본질을 한흑 갈등으로 변질시켰다.

실제 LA 폭동 사건의 가장 큰 피해자는 한인들이었다. LA 폭동이 터지고 나서 한인 타운은 그야말로 초토화되었다. 2,500개의 한인 상점과 사무실, 음식점 등이 불타 없어졌다. 그 시간 미국 경찰과 공권력은 한인들을 완전히 외면했다. 한인들은 아무도 자신들을 보호하러 오지 않자 총기로 무장하고 자신의 상점 옥상이나 정문 앞에서 폭동 시위대들을 저지했는데, 미국 언론은 그런 한인들을 마치 무법 도시의 범죄자같이 묘사하며 노골적으로 비하했다.

"LA 폭동의 여파가 가라앉은 후 주말 한인 타운 공원에 10만 명의 한인들이 집결했어. 미국 역사상 가장 많은 한인들이 모여 평화 시위를 벌였지. 영어를 하나도 못하는 사람들도 모두 나와 평화와 정의를 외쳤어! 그날 나는 다시 태어났어. 한국 이민자가 아니라 재미 한인으로!"

이경원 기자님이 울먹이며 외쳤던 '재미 한인'이라는 말이 마음속을 파고들었다. 미국 국적을 택했기에 한국인으로서의 정체성은 상실했다고 생각했던 나는 미국인의 정체성이란 과연 무엇일까에 대해서만 고민해 왔었다. 하지만이날 나는 제3의 정체성을 발견했다. 그것은 재미 한인이라는 미국 내 소수 민족으로서의 정체성이었다.

클레어몬트 친구들과 대학에서 만난 재미 교포 친구들의 부모님들은 1970~1990년대 독재 정권의 그늘과 가난을 피해 한국을 떠난 이민자들이었다. 그들은 아메리칸 드림을 꿈꿨고 침묵과 희생으로 노력했으나 결국 미국 사회변방의 소외된 이민자들로 남았다. 그럴수록 그들은 자신들의 자녀들이 보다 더 당당한 미국인이 될 수 있도록, 주류 사회에 진출할 수 있도록 독려했다. 그렇게 성장한 2세대들은 좋은 대학에 진학하고 전문직을 가졌지만 한인이라는 뿌리에 대해 긍지를 갖기보다는 이를 콤플렉스로 느끼며 자신의 정체성을 암묵적으로 외면했다. 나는 재미 교포친구들이 왜 한국말을 구사하지 못하는지, 왜 한국적인 모습을 부끄러워하고 유학생들을 기피하는지 이해하기 시작했다.

1992년 LA 폭동 사건을 통해 재미 한인 사회는 전환점을 맞는다. 이민자로서의 정체성이 강했던 이들은 재미 한인이 되어야 된다는 뼈저린 자각을 했다. 미국 주류 사회에서 재미 한인 공동체를 대변할 수 있는 정치력과 권력을 키우고, 미국 언론에 진출해서 더 공정한 시각과 보도를 제공하고, 다른 소수 민족들과의 관계를 개선해 더 책임 있는 미국 시민으로 자리 잡아야 한다는 소명에 주목하기 시작한 것이다.

이 대회를 계기로 나 또한 재미 한인으로서의 정체성과 공동체가 나아가야 할 방향에 대해 눈을 떴다. 그렇게 내 인생의 축은 다시 한번 전환점을 맞았다.

작은 소명이 열어 준
큰 세계

시애틀의 재미한인대학생총회에서 큰 감명을 받은 나는 2년 후 모교인 UC 샌디에이고 대학에서 이 대회를 개최하고 싶다는 야심 찬 꿈을 꾸기 시작했다. 재미한인대학생총회는 전통적으로 아이비리그 대학들에서 개최해 왔기에 상대적으로 변방이었던 우리 학교에서 대회를 열기 위해선 많은 용기가 필요했다.

　더군다나 이 대회는 재미 교포 2세들의 전유물이었다. 나는 미국에 온 지 고작 4년밖에 안 되는 그저 영어를 잘하려고 노력하던 가짜 교포였다. 그런 내가 교포 친구들을 이끌고 1년 동안 10만 불이 넘는 재정을 모으고, 행사장을 예약하고 대학의 협조를 얻는 등 모든 행정을 관리하고, 미국 내 인사들을 초청해 프로그램을 구성하고, 여러 대외 행사에 참여해 대표 역할을 하는 것은 나의 역량을 초월하는 일이었다.

하지만 이 대회를 통해 깨달았던 재미 한인이라는 정체성에 내가 기여할 수 있는 부분이 분명히 있을 것이라는 확신으로 리더십을 자처했다. 이때 나는 진심으로 한인들 간의 화합을 갈망했었다. 그들이 교포이든 유학생이든, 기독교인이든 비기독교인이든, 파티를 즐기는 사람이든 공부벌레이든 말이다.

대회를 개최하기 위해서는 우선 재미한인대학생총회의 기획과 재정 모금 자문단이자 개최지 선정 기관인 미래재단에 준비 기획서를 제출해야 했다. 한 달을 고심하며 준비한 기획서로 경쟁 상대인 5개의 타 대학들을 제치고 UC 샌디에이고 대학이 개최지로 결정되었을 때 나는 평생 경험해 보지 못한 성취감을 느꼈다. 이후에 12명의 뜻이 맞는 친구들과 함께 1년 동안 열심히 준비한 끝에 2007년 3월, 미국 전역의 450명이 넘는 한인 학생들이 참여한 가운데 대회가 열렸다.

우리는 참으로 다양한 주제의 세미나와 워크숍, 엔터테인먼트와 네트워킹 프로그램을 진행했다. 한반도 평화, 북한 인권, 북미 관계, 일본군 위안부, LA 폭동 사건, 재미 한인들의 정치력 신장, 한인 입양아 이슈 등을 다룬 세미나와 다양한 직종의 선배들에게 듣는 커리어 워크숍, 멘토십은 물론 다채로운 공연도 선보였다.

우리가 특히 신경을 썼던 부분은 한미 대학생들의 토론회였다. 나는 한국의 대학생들과 미국의 한인 대학생들 사이에 소통의 채널을 만들어 보자는 취지에서 당시 한국에 있는 또래 대학생들을 모집해 5명을 미국으로 초청했다. 양국의 한인 학생들은 정치, 사회, 인권, 문화 등 여러 분야에서 서로의 인식 차이를 확인하며 더 소통하고 연대할 수 있는 방법들을 찾았다.

왜 재미 한인 대학생들은 독도 문제보다 입양아나 북한 인권에 더 관심을 갖는지, 왜 한국 대학생들은 상대적으로 재외 동포들에 대해 관심을 가질 심적 여유가 없는지 등 건설적인 대화가 이어졌다. 당시에는 몰랐지만 한인 디아스포라와 본국 간의 첫 연결점이 이때 만들어졌다.

내가 「헤로니모」를 제2의 재미한인대학생총회라고 묘사

할 정도로 이 대회를 각별히 여기는 이유는 나에게 재미 한인이라는 정체성을 깨닫게 하고 이에 따른 소명 의식을 선사했기 때문이다. 그 소명 의식은 앞으로 재미 한인 사회의 일원으로 책임감 있는 역할을 맡고 싶다는 바람으로 이어졌다.

나는 재미한인대학생총회를 준비하며 전공이었던 영화보다 사회적 이슈에 더 많은 관심을 갖게 되었다. 재미 한인의 정치력과 권력 신장, 북한 인권, 입양아, 남북미 관계 등을 살펴보며 점점 영화를 예술보다는 하나의 미디어로 인식하기 시작했고, 자연스럽게 이런 이슈들에 대한 짧은 다큐멘터리들을 제작하기도 했다.

처음에는 사회적 이슈를 카메라로 담아 관객과 나누는 것만으로도 흥미로웠다. 그러다 점차 그 사회적 이슈들을 직접 해결하는 데 기능적인 도움을 줄 수 있는 법조인이 되고 싶어졌다. 이렇게 나는 사회 정의와 인권이라는 상당히 순진한 목적에 이끌려 로스쿨에 진학했다. 법적 수단을 통해 조금 더 나은 세상에 일조하고 싶은 순수한 동기 말이다.

내가 진학한 시러큐스 법대는 중위권의 로스쿨로 뉴욕주 북부의 시러큐스Syracuse에 위치한 참 매력 없는 학교였다. 춥고 낙후되고 음산했던 이 도시는 미국에서 가장 눈이 많이 내리는 곳으로 꼽히는데, 공부를 하다가 집 밖을 내다보면 늘 눈이 쌓여 있었다. 유혹 거리가 전혀 없는, 공부에 최적화된 곳이었다.

평소 책상 앞에 책을 펼치고 오랫동안 앉아 있는 일이 드물었던 내게 3년간 치른 법이라는 학문과의 씨름은 큰 도전이었다. 악명 높은 1L(미국 로스쿨 1학년을 일컫는 용어)에 대한 두려움, 동기들과의 경쟁, 하루 종일 읽어도 끝낼 수 없었던 방대한 양의 판례들, 소크라테스식 수업에 대한 부담, 구직에 대한 스트레스와 변호사 시험 등 날마다 내 한계를 시험했다.

로스쿨을 졸업하고 변호사 시험에 합격한 이후 근사한 로펌에 들어가지도 않았을 뿐더러 법조인을 자처할 만한 변호사업을 하고 있지도 않지만, 이 3년의 시간에는 후회가 없다. 스스로 부끄럽지 않은 노력을 통해 열등감에 맞섰고 이를 통과해 낸 소중한 시간이기 때문이다. 물론 다시 하라면 정중히 거절하겠지만.

시러큐스를 떠나 뉴욕에 다시 돌아올 때만 해도 변호사가 되어 앞으로 재미 한인 사회에 의미 있는 공헌을 할 것이라 믿었다. 하지만 인생은 나를 계획하지 않은 길로 다시 인도했다.

3부

디아스포라라는 수식어

이상하고 아름다운 곳에서의
『춘향전』

대학을 졸업하고 로스쿨에 입학하기 전 나는 2년간 텀을 두기로 했다. 로스쿨은 혹독한 교육 과정과 심한 경쟁으로 악명이 높아서 보통 대학 졸업 후 곧바로 로스쿨에 가는 것을 장려하지 않는다. 3년 동안 공부에만 매진해야 하고 졸업한 후에는 바로 로펌, 법원, 회사 등에 취직해 변호사 외의 개인적인 경험을 쌓을 여유가 없기 때문이다.

당시 나는 재미 한인으로서의 사명을 발견했다고 생각했지만, 정작 미국이 아닌 중국에서 첫 번째 직장 생활을 시작했다. 2000년대 초중반, 중국이 미국과 대등한 나라로 발전할 것이고 앞으로 세계의 중심이 될 것이란 전망이 자주 등장하던 터라 중국을 경험해 보고 싶은 마음이 있었다. 베이징, 상하이 등의 인턴십을 알아보다 우연히 연변과학기술대학교(이하 연변과기대)의 구인 광고를 보았다. 대학의 홍보를 맡아 촬영과 편집을 하고 유인물 등을 제작하는 단기 직원 자리였다.

연변과기대는 재미 한인인 김진경 총장이 조선족 학생들에게 수준 높은 전문 교육을 제공하기 위해 설립한 학교로, 중국 최초 외국인이 세운 사립 대학교이기도 했다. 모든 교수들과 교직원들은 봉사 정신을 바탕으로 세계 전역에서 모여든 다국적 인재들이었다.

나는 두 가지 이유로 이곳에 끌렸다. 대학교 때 링크(LiNK, Liberty in North Korea)라는 북한인권학생단체에서 탈북자들의 권리와 실태를 알리고 후원 활동을 한 적이 있어서 북한과 접경을 맞대고 있는 연변延邊 자치주에 가면 탈북민에 대해 더 잘 알 수 있지 않을까 하는 기대가 있었다. 매년 여름마다 여러 단체들을 통해 단기 봉사 활동을 하던 중이라 중국이라는 국가에 선한 목적으로 설립된 대학교라는 키워드에도 호기심이 일었다. 한 학기 정도 이곳에서 근무해 보기로 하고 연변으로 향했다. 공식적으로는 학교 관련 영상을 제작하는 역할을 맡았지만 비공식적으로는 연변의 한족 학생들과 조선족 친구들에게 영어와 한국어를 가르쳐 주는 봉사도 병행하기로 했다.

날씨가 점점 쌀쌀해지던 9월 어느 날, 연변에 도착했다. 연변의 첫인상은 '뿌연 연기'였다. 차량 배기가스가 많이 발생하는 데다가 아직 석탄으로 난방을 하는 지역이라 먼지 연기가 육안으로도, 후각으로도 느껴졌다. 연길延吉 시내를 지나면서는 타임머신을 타고 1970~1980년대 한국으로 돌아간 기분이었다.

그때까지 내가 아는 가장 큰 한인 타운은 로스앤젤레스였는데, 연변에 가 보니 완전히 차원이 다른 규모의 한인 타운이 존재했다. 한반도 밖에 또 다른 한국이 있다고 말할 수 있을 정도였다. 실제로 연변 조선족 자치주는 대한민국 전체 면적의 절반에 이르는 어마어마하게 넓은 지역이다. 말 그대로 조선족들의 자치주로 설립이 되었고, 중국어와 함께 조선어(한국어)를 공식 언어로 사용할 정도로 경제, 사회, 문화 등 전 방면에서 조선족들의 역사와 현재가 깊이 숨 쉬고 있었다.

연길 시내 중심에는 서시장이라는 곳이 있다. 각종 과일

과 채소, 생선, 육류가 진열된 재래시장 주변으로는 한국식, 연변식, 중국식 음식점이 즐비했는데, 연변냉면과 찹쌀순대, 양꼬치, 꿔바로우 등 연길에서만 맛볼 수 있는 음식들을 먹으러 자주 갔었다. 시장을 지날 때면 옛날 한국 가요를 들으며 무심한 듯 구수한 연변 사투리로 농담을 건네던 아주머니들이 계셨었다.

연길시만큼 연변과기대도 특별했다. 중국어, 한국어, 영어가 공식 언어로 사용되었고 조선족과 한족뿐만 아니라 대한민국, 캐나다, 호주, 미국의 한인 학생들, 고려인 학생들까지 재학 중이었다. 학교 축제가 열리면 이 다양한 학생들이 한국 아이돌 가수의 노래를 공연하는 진풍경이 펼쳐졌다. 한창 유행하던 원더걸스의 「Tell me」를 연변에 와서 떼창으로 들을 줄이야.

한번은 장기 자랑의 마지막 순서로 한복을 입은 여러 명의 친구들이 나와 "우리의 역사이자 전통문화인 『춘향전』을 선보이겠습니다."라고 소개를 한 적이 있었다. 카메라를 들고 학생들을 촬영하던 나는 잠시 멍해졌다. 우리의 역사이자 전통문화라…. 얼마간의 시간을 함께하며 나와 같은 말을 사용하는 조선족 친구들과 분명 친밀해지긴 했으나 미국과 중국이라는 문화적 차이로 이질감 역시 느끼고 있었다. 그러다 그와 같은 말을 듣자 마음 한구석이 뜨거워졌다. 그들과 나 사이에 공통된 역사가 있었다.

그들은 중국에서 태어나고 자란, 앞으로 중국인으로 계속 살아갈 중국 내 소수 민족이다. 내가 미국에서 태어나 미국에서 계속 살아갈 미국 내 소수 민족인 것처럼. 그런 그들이 자신들의 역사이자 전통문화라며 『춘향전』을 소개했을 때, 문득 나의 할아버지와 그들의 할아버지가 격동기가 몰아닥치기 전 한반도에서 서로 친구였을 수도 있겠다는 생각이 들었다.

나중에 알고 보니 그런 생각이 마냥 터무니없는 것은 아니었다. 아버지가 어렸을 때 돌아가셔서 만나 본 적 없는 나의 친할아버지는 1940년대 연변 자치주 용정龍井에 있는 만주국립의과대학을 졸업하셨다. 대구에 남아 있던 가족들을 데리러 잠시 나온 참에 한반도가 해방이 되었고 그는 용정이 아닌 대구에 병원을 꾸렸다. 만약 해방이 조금 더 늦었다면 나는 미국 아닌 용정에서 조선족으로 태어났을 것이다. 한 인간, 그리고 디아스포라의 운명이란 실제로 이렇게 유동적이고 우연적으로 결정된다.

내가 재미 한인으로서 확실한 소속감을 가지고 있는 것처럼 그들도 중국 내 조선족으로서 어떤 정체성을 갖고 있는지 궁금해졌다. 자신들의 역사와 대한민국에 사는 한국인들의 역사가 같다는 사실이 그들의 정체성에 어떤 영향을 주는지 알고 싶었다. 과연 자신들을 한반도 본국에서 떨어져 나온 별개의 집단으로 인식할지, 아니면 자랑스럽게 『춘향전』 공연을 하듯 한반도 한민족의 일부로 인식할지, 거꾸로 대한민국에 있는 한국인들은 이들의 공연을 어떤 마음으로 바라볼지도 궁금해졌다.

시간과 장소를 거슬러 올라간 듯한 이 신비롭고 이상한 곳이 내가 갖고 있던 한인 정체성에 대한 이해의 패러다임을 완전히 바꾸어 놓았다. 연길에서, 연변과기대에서, 나의 한인 정체성도 조금 더 다차원적으로 탈바꿈하고 있었다.

사과도 배도 아닌
사과배

연변과기대 홍보과에는 봉사를 하러 오는 조선족 학생들이 많았다. 일수와 수청, 선화는 일주일에 몇 번씩 홍보실에 들러 정리를 돕거나 홍보물과 영상 제작에 아이디어를 주었다. 우리는 날씨가 좋은 날에는 건물 옥상에 올라가 이상한 포즈로 사진을 찍으며 장난을 쳤고, 날씨가 추워지면 시내에 나가 따뜻하고 큼지막한 순대를 먹었다. 눈이 오면 함께 나가 눈싸움을 했다.

조선족 친구들에겐 한국과 미국의 친구들과는 전혀 다른 차원의 순진함이 있었다. 그들의 심성은 너무 착해서 촌스러울 정도였다. 서구 자본주의 사회에서 오래 자란 나는 무의식적으로 서구식 매너에 익숙해져 있었다. 가령 뒷사람이 올 때까지 문을 잡고 있다든지, 상대방의 개인적 공간을 존중한다든지, 차례를 지켜야 할 때는 줄을 서서 천천히 기다린다든지 하는 것들 말이다. 나는 자주 저런 형식과 규범을 잣대로 타인을 판단하곤 했다.

하지만 형식은 인간관계나 사회의 본질은 아니다. 연변의 조선족 친구들은 세련되지 않았고 투박했지만 계산되지 않고 정제되지 않은 인간애를 나에게 보여 주었다. 매너와 형식이 흉내 낼 수 없는 본질적인 따뜻함을 건네주었다. 내게 익숙했던 개인주의의 벽을 허물고 깨뜨렸다.

나는 그중 일수라는 친구와 친했다. 나는 홍보실 교직원이고 일수는 학생이었지만 그는 나보다 한 살밖에 어리지 않았다. 한국의 수직적 나이 문화에 반감이 있던 나는 되도록 나이로 상하 관계를 만들지 않으려고 했는데 일수는 아무리 편하게 친구처럼 지내자고 해도 나를 형으로 깍듯이 대했다. 그런 일수가 하루는 물었다.

"앞뒤돌(전후석이라는 내 이름을 자기 멋대로 해석해 늘 이렇게 불렀다. 실제로는 온전할 전, 두터울 후, 클 석이라는 뜻인데도 불구하고 말이다.) 형님, 이번 주말에 뭐 합니까. 저랑 같이 제 고향에 가 보겠습니까?"

일수의 제안이 고마웠고 두말없이 이에 동의했다. 우리는 금요일 오후, 낡은 마을버스를 타고 뿌연 공해 속 노랗게 지는 노을을 등지고 한참을 달려 왕청汪清이라는 도시에 도착했다. 연길 서시장보다 더 허름한 길거리 시장을 구경한 뒤 일수는 한 낡은 아파트로 나를 인도했다. 차가운 복도 계단을 올라가 집에 들어가니 일수의 남동생과 할머니가 계셨다. 남동생은 일수보다 키가 컸는데 말없이 겸연쩍은 미소를 짓고 있었다. 인자하신 할머니는 정성스럽게 옥수수죽을 한 그릇 내어 주셨는데, 정말 고소했다. 마음속 깊은 곳에서 뜨거운 것이 올라왔다. 궁금했다. 부모님은 어디 계시는지.

"아, 말씀 안 드렸습니까? 한국에 계십니다. 못 본 지 좀 됐슴다."

알고 보니 일수의 부모님은 한국에서 일을 하시며 일수

와 가족들에게 생활비를 보내고 계셨다. 일수뿐만 아니라 연변과기대 조선족 학생의 부모님들 대부분이 한국에 나가 돈을 벌고 자식과 가족들에게 생활비를 보낸다고 했다. 그는 부모님이 한국에서 녹록지 않은 생활을 하고 계실 거라며 말을 흐리다가 "형님, 여기 쥑이는 양고기 있습니다. 드이러 가이소."라며 내 손을 이끌었다. 우리는 유명하다는 양꼬치 가게에 가서 배부르게 음식을 먹었고 일수는 내가 모르는 사이 계산을 해 놓았다.

내게 조선족에 대한 기억은 저렇다. 그들에겐 따뜻한 정이 있었다. 잠시 스쳐 가는 이방인에게도 사심 없이 내어놓는 인간미가 있었다. 대학 시절 한국 이야기가 나올 때마다 나는 한국인 특유의 정서로 '한'과 '정'을 언급했다. 착하게 조건 없이 남을 위하는 정과 약소국으로 겪은 아픔을 승화한 한은 우리 민족의 위대한 성품이라고 자랑스럽게 여겼다. 시간이 흘러 여러 계기로 다양한 나라들을 다녀오고 현지인들과 만나 보며 한과 정이 우리만의 고유한 정서가 아니라는 사실, 인류의 보편적인 정서라는 것을 깨달았지만 연변은 적어도 나에게는 가장 본질적인 정을 보여 준 곳이었다.

연변에는 사과와 배를 접목해 만든 '사과배'라는 특산 과일이 있는데 친구 일수는 자신을 사과배로 표현했다. 완전한 조선인도, 완전한 중국인도 아닌 자신들의 운명과 정체성을 빗댄 말일 테다. 게다가 조선족은 중국인이기도, 한민족이기도 하면서 동시에 한국과 북한 사이에서도 선택을 강요받는 삼중 정체성을 품고 있었다.

20세기 초만 해도 한반도 일대에 살던 조선인이었을 이들의 선조들은 독립을 위해, 혹은 핍박을 피해, 혹은 조금 더 나은 삶의 터전을 찾기 위해 이곳으로 흩어져 왔을 것이다. 조국이 독립된 후 한반도가 반으로 쪼개지는 것을 보며 가슴이 두 동강 났을 것이고, 북한군을 도와 남한의 형제들에게 총구를 겨누어야 하는 비극적 선택을 했을지도 모른다. 중국이 문화 혁명을 거치며 북한과의 유대감을 회의적으로 바라볼 때, 한반도 전체와 멀리하며 중국 공산당에게 자신들이 떳떳한 중국 민족임을 각인시켜야 했을 것이고 수많은 탈북자들이 두만강을 건너올 때 이들을 위협적인 존재로 여기는 스스로의 비정함에 자책했을 것이다. 이제 이들은 한국에서 일해 모은 생활비를 연변의 자식과 노부모에게 보내며 자신들을 2등 시민 취급하는 한국의 시선에 원망스러운 침묵을 하고 있을지도 모른다.

만약 연변에서 조선족 친구들과 살을 맞대고 동고동락한 경험이 없었더라면, 나 또한 이들에 대한 편견에 사로잡혔을 것이다. 한국의 미디어나 여러 영화에서 조선족들은 자주 악인이나 범죄자로 묘사되기 때문이다. 조선족에 대해 제대로 인식할 기회가 없는 상황에서 그들에 대한 이미지를 악의적이고 자극적인 소재로만 이용하다 보면 조선족에 대한 사회적 편견과 차별이 저절로 따라올 수밖에 없다. 할리우드 영화에서 한국인이 늘 악인으로 등장한다면, 오락적 요소로 치부하기엔 도를 넘는 왜곡이 이어진다면, 한국인과 재미 한인의 삶에 부정적인 영향을 미치는 것과 마찬가지가 아닐까.

연변 자치주는 중국 최대의 조선족 거주 지역이고 조선족을 위해 설립된 자치주이기 때문에 중국 정부는 이곳의 문화적 정체성을 보장하고 있다. 하지만 중국은 미국처럼 소수 민족들이 자신의 정체성에 대해 자유롭게 발언하거나 공론화할 수 있는 사회·정치적 환경이 조성되어 있지 않았다. 조선족 친구들 대부분은 중앙 정부의 소수 민족 우대 정책(물론 실제 우대 정책일지 반론도 있지만)으로 어느 정도 기본적인 생활을 유지할 수 있기에 자신을 당연히 중국인이라고 여기고 있었다. 한인 정체성을 확고히 가진 친구들도 많지 않았다. 중국이 세계적으로 더 부강해질수록 조선족 친구들은 더 '중국화'될 것이다.

아무리 한류와 케이팝이 중화권을 휩쓸고 한국과 한국인에 대한 이미지가 좋아진다 하더라도 대한민국에서 조선족 폄하 현상이 사라지지 않는다면 자신을 사과배로나마 규정하던 조선족 청년들마저도 점점 사라져 가리라는 생각이 들었다. 지난 100여 년간 여러 역사적 풍파에도 중국 국민으로, 중국의 소수 민족으로, 한인 디아스포라의 일원으로 자신만의 고유한 정체성을 유지하고 발전시킨 조선족의 혼합적이고 다중적인 정체성을 있는 그대로 인정하고 그들의 자리를 온전히 만들어 주어야 한다는 생각도 함께.

자신을
코리안이라 소개하는 이들

중국에 가기 전까지만 해도 내 세계관의 범주는 미국과 한국에 국한되어 있었다. 나의 정체성도 미국 내 한인이라는 소수 민족으로서의 존재와 역할에 묶여 있었다. 중국의 조선족 친구들은 이런 나를 또 다른 차원의 한인 정체성의 세계로 인도했다. 복잡한 역사와 지정학적인 원인들로 생겨난 심오한 정체성의 세계로. 이중 정체성이라는 화두가 재미 한인뿐만 아니라 한반도 밖 모든 한인들이 필연적으로 씨름할 수밖에 없는 존재에 대한 고뇌이자 성장 과정이라는 것도 처음으로 깨닫기 시작했다.

한국에 있을 때 한국인으로서의 정체성을 가졌다면 미

국에 가서 재미 한인이라는 새로운 정체성을 얻었고, 조선족 친구들을 통해 더 입체적인 차원의 디아스포라 정체성을 접한 것이다.

2019년 외교부 공식 자료에 의하면 세계 전역에 약 750만 명의 재외 동포가 살아간다. 이는 대한민국 인구인 5,000여만 명의 약 16퍼센트, 남북한을 합친 인구의 11퍼센트 정도에 이르는 수치다. 대전, 대구, 부산의 총 인구를 합치면 730만 명 정도이니 대한민국 밖에 얼마나 많은 한인들이 있는지 짐작할 수 있다.

디아스포라 수치를 언급하는 이유는, 저렇게 많은 한인 디아스포라들이 한반도에 있는 이들은 미처 인식조차 하지 못하는 한인 정체성의 의미를 찾고 정리하고 받아들이기 위해 각자의 자리에서 씨름하며 살아가고 있다는 것을 말하고 싶어서이다. 각 지역의 한인 디아스포라들이 정의하는 한인 정체성은 과연 무엇이고 어떻게 다를까. 그들은 한반도의 한인들과 어떤 관계를 맺으며 살아가야 한다고 생각할까. 그리고 그들의 존재는 한반도의 한인들에게 어떤 의미로 다가갈 수 있을까. 모든 것이 궁금했다.

돌아보면 미국과 연변뿐만이 아니라 여러 지역, 여러 형태의 한인 디아스포라들과 인연을 맺을 기회가 있었다. 당시에는 무심코 지나쳤던 에피소드와 기억들이 내 안에 남아 추상적이고 생소했던 디아스포라 개념에 살을 붙여 주었을 것이고, 아마「헤로니모」도 이 연장선에서 탄생했을 것이다.

그런데 750만 명이라는 재외 한인의 숫자에서 제외된 사람들이 있다. 바로 한인 해외 입양아들이다. 한국 전쟁 때부터 해외로 입양된 이들의 숫자가 적어도 21만 명이라고 집계되는데, 입양된 이들이 단 한 명의 자녀만 낳았다고 가정해도 그 두 배인 40만 명이 될 테고 후손들까지 고려한다면 수치는 더 늘어날 것이다. 그런데 2019년까지 이들이 재외 동포에 포함되지 않았고 2, 3세는 아직도 대부분 제외되어 있다.

대니얼과 케빈은 대학교 때 만난 나의 가장 친한 친구들이다. 대니얼은 아시아계 미국인들 사이에서는 꽤나 잘 알려진, 아직도 활발한 활동을 하는 래퍼이고 케빈은 특유의 성실함으로 의사가 된 친구다. 처음 둘을 만났을 때, 한국인의 얼굴을 하고 있는 것과는 달리 그들의 언어와 제스처가 보통 한인 2세들과 조금 다르다고 느꼈었다. 그들은 한인 입양아들이었다.

나는 둘과 15년 넘게 우정을 나누며 그들이 정체성을 찾는 여정을 오랜 기간 지켜보았다. 케빈은 20대 초반부터 여러 차례 자신의 생물학적 부모님(입양아들에게는 자신을 낳아 준 부모를 '진짜' 부모라고 칭하는 것이 실례이다. 그들에게 진짜 부모는 자신을 입양한 부모이기 때문이다. 그래서 보통 한국의 부모를 생물학적 부모 또는 낳아 준 부모라고 표현한다.)을 찾았지만 번번이 실패했다. 반면 대니얼은 스물여덟 살이 되던 해에 한국 홀트 입양 단체에서 이메일을 받았는데, 한국의 부모가 그를 찾고 있다는 내용이었다. 부모님을 만나기 위해 한국에 방문했을 때 대니얼은 자신에게 쌍둥이 형이 있다는 사실을 처음 알게 되었고 쌍둥이 형이 취미로 랩 음악을 하고 있다는 것에 신기해했다.

입양아 친구들을 한마디로 정의하는 것은 불가능하다. 행복한 가정에서 건강한 자아의식을 갖고 성장한 사람들이 있는 반면, 불행한 환경에서 혼돈을 겪으며 자기 파괴적인 성향이 되어 버린 사람들도 많다. 중요한 것은, 이들이 어떤 환경에서 자랐든 어느 순간부터 필연적으로 정체성에 대한 깊은 고민을 한다는 것이다. 한국에서 한인으로 태어나 미국의 백인 가정에서 자란 대부분의 입양아들은 평생 왜 자신이 입양되었는지, 왜 조국 밖에서 자랐는지를 자문하며, 때론 그 사실에 속박되어 자아를 형성한다. 태어난 곳과 낳아 준 사람을 떠나 다른 곳, 다른 사람들의 보살핌 속에 자랐다는 사실은 성인이 된 어느 순간 부메랑이 되어 날아와 자신을 흔든다. 그것은 단순히 민족 정체성을 넘어서는 근본적이고 존재론적인 물음이다.

대니얼과 케빈같이 어떤 이들은 한국을 방문하거나 생물학적 부모를 찾아서 이 고민에서 자유로워지고 싶어 한다. 하지만 정작 부모를 찾고 나서 더 큰 혼란을 겪는 경우도 많다. 대니얼도 낳아 준 부모와 조우한 이후 한동안 복잡한 심경을 음악에 담곤 했다.

최근 미국에서 중년의 한인 입양아들이 한국으로 추방되는 비상식적인 일이 있었다. 입양 과정에서 서류 처리가 확실히 되지 않아 미국 시민권이 확보되지 않은 상태로 평생을 살아가다 이민국에 의해 하루아침에 추방되는 일을 겪은 것이다. 이들은 자신들의 의지와는 상관없이 두 번이나 자신의 나라로부터 떠나야 했다.

그렇다고 한인 입양아를 연민과 동정으로 바라봐선 안

된다. 민족주의와 국가주의의 시각에서 한국화하려는 노력 역시 경계해야 한다. 그들 대부분은 다시 한국인이 되어야 한다는 생각을 갖지 않기 때문이다. 한인 입양아도 디아스포라이며 디아스포라는 디아스포라로서 각자 고유한 정체성이 있다. 외국 가정에서 자란 그들 자체의 인격과 존엄함, 그들만의 이중 정체성과 현지 정체성을 이해하고 존중할 수 있을 뿐이다.

공존의 공간에서
더 넓고 자유롭게

로스쿨 1학년 여름이던 2010년, 남아프리카 공화국의 한 비영리 인권 사무소에서 한 달간 법률 인턴십을 이수했다. 주로 타 아프리카 국가에서 남아프리카 공화국으로 온 이주자들의 인권 유린을 조사하고 망명 절차에 대해 알려 주는 일을 했는데, 당시에 남아공에서 월드컵이 개최되어 현지 한인들과 어울려 응원전을 펼치면서 그들과 친분을 쌓았다.

1992년 남아공과 대한민국이 수교한 초기에는 상공인, 후에는 선교사와 주재원 등의 한인 이주민이 생기면서 남아공에는 4,000명 규모의 한인들이 살고 있었다. 아프리카

대륙 전체에는 1만 1,000여 명이 넘는 한인들이 살아가고 있다. 남아공에서 만난 한인들은 아프리카라는 지역적 특성에 국한되지 않는 상당히 국제적인 정체성을 갖고 있었다. 그 후 인도네시아, 베트남, 싱가포르 등 동남아시아의 한인들을 만날 기회가 있었는데 남아공의 한인들과 공통적인 면이 많았다.

개발 도상국의 한인 이민자들의 경우 사업 목적이나 주재원으로 이주한 경우가 많기 때문에 현지 사회에서도 중산층의 입지를 가진다. 그래서 현지 사회에 깊숙이 동화되기보다는 엑스팻Expat(Expatriate의 약자, 국외 거주자)의 커뮤니티와 네트워크를 이루고 2세들도 국제 학교에 다니는 등 글로벌한 인재로 자라난다.

흥미로운 점은, 개발 도상국에서 자라난 한인 후손들은 선진국에서 소수 민족으로 피해 의식이나 열등감을 경험하는 한인 후손들보다 더 당당하고 국제적일 수 있다는 점이다. 대한민국에 비해 경제, 문화, 시민 의식 수준이 상대적으로 열악한 지역에서 성장하며 현지 사회와 거리를 두고 지나친 특권 의식을 가지는 경우도 있지만 현지인들과 정서적 유대감을 나누며 세계 시민으로 폭넓은 마인드를 갖추는 경우도 물론 존재한다.

로스쿨 2학년 여름에는 브라질 로펌에서 인턴십을 할 기회를 얻었다. 상파울루Sao Paulo에 위치한 한 로펌에서 두 달간 실습 생활을 하면서 나는 한인 변호사님들을 만났고 봉헤찌로Bom Retiro 지역에 몰려 사는 브라질 한인 5만여 명의 역사에 대해 알게 되었다.

1960년대 초반, 대한민국 정부는 해외 이민 규제를 완화하며 커피, 사탕수수 등의 생산에 일손이 필요했던 브라질에 농업 이민을 장려했다. 하지만 한인 이민자들은 브라질의 혹독한 기후와 재배 방식에 많은 어려움을 겪었다. 그리하여 그들은 농장을 떠나 상파울루 등 대도시에 자리를 잡고 의류업에 뛰어들어 정착했다. 현재 브라질 의류 시장의 과반수를 한인들이 도맡고 있다.

브라질 한인의 정체성은 미국 한인의 그것과는 큰 차이가 있었다. 브라질은 인종 차별이 미국에 비해 현저히 적었고 사회의 주류로 인정받는 것도 미국보다는 수월했다. 브라질인 로펌 동료들과 어울리거나 현지 모임에 참석했을 때, 내가 아시아계라서 위축되는 경험을 하지 않았다. 오히려 아시아계이기 때문에 더 긍정적인 주목을 받는다고 느낄 정도였다. 브라질에 먼저 이민 온 일본계 브라질인들이 많은 부를 이루고 사회적 명성을 쌓았기 때문에 한인들도 그 수혜를 받은 면도 있었다.

그렇지만 한인 이민 1세대들은 브라질 사회가 아시아계에 대해 긍정적인 편견을 가질수록 역설적으로 한인 스스로 자신의 정체성에 무관심해졌다고 말했다. 최근에 케이팝 등의 영향으로 한인 정체성이 부각되고 있다고 하지만 내가 브라질에 갔던 2011년만 해도 한인 정체성을 확고하게 가진 친구들이 드물었다.

브라질 한인들은 편견과 차별에 노출되지 않는 대신 다른 문제들에 직면해 있다. 브라질 한인 후손들은 특유의 교육열로 좋은 대학에 진학하고 전문직을 가졌다가도 브라질 사회의 불안정한 고용 시장과 낮은 임금, 정치·경제적 혼란 때문에 자신의 커리어를 접고 안정적인 부모님의 의류 사업을 물려받는 일들이 많았다. 그러다 보니 한인들이 사회 각층에 진출해 한인 사회를 대변하고 정치력을 키울 가능성이 줄어들었다. 아르헨티나나 기타 남미 국가의 한인 사회도 비슷했다.

한 사회의 일원들이 자아를 인식하는 방법에 대해 가치

판단을 내리거나 민족주의적인 주장을 하려는 것은 아니다. 상대적으로 차별이 덜하고 여러 이민자들이 공존할 수 있는 사회에서 오히려 한인이라는 공동체 의식에 무감각해질 수 있다는 것을 보았고, 발레리 한 교수님께서 하셨던 "과연 한인 디아스포라들은 세월이 지나며 결국 사라질 것인가."라는 질문이 떠올랐다. 한편으로는 만약 브라질 내에서 LA 폭동 같은 사건이 벌어진다면, 적어도 한인들의 안위와 권리를 지킬 수 있는 힘이 브라질 사회 내 곳곳에 갖추어져 있어야 하지 않을까 생각했다.

스스로 길을 여는
코즈모폴리턴

2012년, 로스쿨을 졸업한 나는 여느 청년처럼 뉴욕에서 일하겠다는 꿈을 품고 무작정 뉴욕으로 향했다. 하지만 풀타임 직장을 구하는 데 번번이 실패했다. 어느 날 마음을 달래려고 교회에 갔다가 그곳에서 시리아 난민들을 도울 단기 봉사자를 모집한다는 광고를 보았다. 곧바로 지원했고 이후 한 달여를 요르단에서 보냈다. 인권과 정의 같은 거창한 대의를 생각하며 로스쿨에 진학했지만 정작 로펌 등 화려한 법조계의 커리어를 추진하다 삐끗했던 스스로에게 초심을 묻고 싶기도 했다. 요르단 수도 암만Amman에 머무르며 시리아 국경 지역 마프라크Mafraq로 매일 출근해 시리아 난민들에게 생필품을 전달하고 난민 어린이들에게 영어 등을 가르쳤다.

하루는 요르단 및 근방 국가에 계시는 한인 선교사들이 다 같이 모여 예배를 드린 적이 있는데, 선교사들과 그들의 가족이 100여 명에 이르는 것을 보며 이곳에 한인들이 이렇게 많이 거주한다는 사실에 놀랐다. 이들은 능동적으로 확산된 한인 디아스포라였다. 선교사들의 자발적 이주는 강압적으로 조국에서 떠날 수밖에 없었던 이들이나 더 나은 삶을 살고자 선진국으로 향한 이들과는 근본적으로 성격이 달랐다.

현재 3만 명 이상의 선교사들이 전 세계 171개 국가에 자리 잡고 있다고 한다. 신앙 때문에 이렇게 많은 사람들이 변방, 오지로 향하는 것은 인류학이나 사회학의 관점에서 보았을 때 자연스럽지 않을 수 있다. 하지만 세계 전역에 퍼진 선교사들을 하나의 한인 디아스포라로 볼 수 있지 않을까 상상해 보았다.

선교사들 대부분은 타지에서 영구 거주하지 않고 이들의 자녀들도 현지 사회에 정착해 동화되기보다는 한국으로 돌아가거나 서구 선진국 등으로 진출하는 경우가 많다. 게

다가 선교가 최우선의 목표이기 때문에 현지에서 견고한 한인 공동체를 형성하거나 뿌리를 내리지 못한다.

하지만 만약 이들이 다른 민족의 아픔에 우선해 공감하고 현지 지역민들을 보듬고 연대한다면 이들의 소명이 디아스포라적 세계관과 다르지 않다고 생각했다. 신앙의 본질이 세계 시민성으로 타인들을 수용하는 코즈모폴리턴 정신이라면 이는 디아스포라의 본질과 겹치기 때문이다. 다행히도 나는 이런 대의로 움직이는 선교사들을 많이 만났다.

희미해지지만
사라지지 않는 것들

1862년부터 한인들이 러시아 지역인 연해주 등지로 이주했다는 기록이 있지만 우리에게 익숙한 고려인 디아스포라는 스탈린의 강제 이주 정책으로 만주와 극동 지역에서 중앙아시아로 옮겨 간 수십만 명의 이들과, 일제 강점기의 일본 영토가 구소련 영토로 바뀌면서 거기에 남게 된 사할린 등지의 한인 집단이다. 현재는 50만 명 이상의 고려인들이 중앙아시아와 러시아, 구소련 지역에 퍼져 있다.

나는 연변과기대에서 몇몇 고려인과 마주쳤고 2018년 여름, 러시아 모스크바에서 고려인을 대상으로 「헤로니모」의 제작 과정을 발표하며 그들에 대해 입체적으로 알 기회를 얻었다. 우리가 흔히 고려인이라고 부르는 이들은 정작 자신들을 '고려사람'으로 칭한다는 사실도 알았다. 고려사람은 현재 4, 5세까지 내려왔는데 한국과 지리적으로 멀고 러시아 문화권에 속했기 때문에 한국어를 거의 쓰지 못했다. 소련 공산주의의 소수 민족 해체 정책 때문에 한인으로서의 정체성을 보존하기 힘들었고 냉전 종료 후에는 우즈베키스탄, 카자흐스탄, 키르기스스탄, 우크라이나, 러시아 등 개별 국가로 흩어지며 이들의 한인 정체성은 더 복잡해지고 희미해졌다.

그럼에도 불구하고 많은 고려사람들이 한인계와 결혼해 한인 혈통을 이었고, 선조들의 고향인 한국에 대한 향수가 강했다. 아마 할아버지 세대에 있었던 강제 이주를 후손들이 아직 기억하고 있어서이지 싶었다. 사할린 지역의 고려사람 외에는 한국어를 하는 분들이 극히 적었지만, 적어도 내가 만났던 많은 고려사람들이 재외동포재단이나 한상대회(전 세계 한인 무역·상공인들의 비즈니스 네트워킹 모임) 등에 적극적으로 참여하며 자신의 한인 정체성을 후손들에게 물려주려는 의지를 보였다.

최근 많은 고려사람들이 경제적 기회를 얻기 위해 대한

민국으로 재이주하는 움직임을 보인다. 특히 젊은이들은 한국 문화와 사회에 적극적으로 동화되려고 하고 있다. 그렇게 그들이 온전한 한국인의 일원으로 스며들면 반대로 고려사람들만의 고유한 정체성은 서서히 사라질 것이다. 증조부가 떠나온 곳의 문화와 전통을 자신들만의 방식으로 이어 가며 만든 고려사람의 고유한 정체성이 증조부의 고향으로 돌아오며 사라진다는 것은 역설적이다. 대한민국 사회가 고려사람들의 문화적 유산과 기억을 수용하고 존중하며 한국 내에서 이들의 자리를 마련해 줄 수 있다면 선조의 고향으로 돌아온 고려사람들도 자신들의 정체성을 간직하며 그 위에 새로운 정체성을 다시 만들어 갈 수 있지 않을까 상상해 본다.

온전하고 완성된
나라의 반쪽

대학교 때 탈북자 지원 단체에서 활동하며 처음으로 탈북자 친구들을 만났다. 지금은 새터민, 북한 이탈 주민, 실향민, 북향민 등 다양한 용어로 불리는 그들의 존재에 당시 나는 적지 않은 충격을 받았다. 2000년대 초중반은 많은 탈북자들이 북한을 떠나 중국과 동남아시아 등지를 떠돌던 시기였고, 그들을 통해 북한의 심각한 인권 유린과 강제 수용소, 힘겨운 탈북 여정을 전해 들으며 북한 사람들의 안위나 탈북자들의 존재에 대해 백지 상태였다는 것에 죄책감을 느끼기도 했다. 이후에 북한 인권을 둘러싼 정치적 담론을 알게 되고 탈북자들의 상징성을 조금 더 입체적으로 보게 되었지만 그럼에도 불구하고 탈북자의 존재는 나에게 계속해서 중요한 소명이다.

언제가부터 탈북자들과 북한인들 또한 한인 디아스포라가 아닐까 생각해 왔다. 특히 2,500만 인구의 북한 주민들은 지리적으로 한반도에 위치해 있지만 대한민국과는 완전히 단절되어 있으며 세계의 그 어떤 한인 디아스포라보다도 고립되어 있다. 물론 북한의 입장에서는 대한민국 중심의 이런 논리에 손사래를 칠 것이고 서구화된 대한민국과 해외 한인들보다 자신들이 진정한 한민족 정체성과 정통성을 유지하고 있다고 생각할 것이다.

그렇더라도 한인 정체성, 디아스포라, 한반도, 그리고 평화적 공존에 대해 이야기를 하며 북한의 존재를 고려하지 않는다면 디아스포라라는 담론 자체가 무의미해질 수 있다. 북한은 한반도와 한민족의 역사와 정체성을 형성하는 필수 존재이기 때문이다. 온전한 한인 정체성와 정신세계를 이루는 데 남북 분단은 사실 큰 방해 요소이다.

대한민국은 선진 국가들 중 유일하게 징병제가 존재하고, 국방 예산이 인구 대비 가장 높은 편이다. 북한과 대치하며 잦은 충돌 위협에 노출되어 있으며 각종 사회적, 정치적 현안도 색깔론으로 번져 국론의 소모도 심하다. 사회와 경제의 발전보다는 이념의 프레임 안에서 새로운 리더들이 결정되고 대한민국의 방향성이 정해지기도 한다. 북한과의 오랜 체제 경쟁 때문에 자본주의 시장 경제가 한국에 좀 더 무비판적으로 수용되었을 수도 있다. 이 밖에도 많은 폐해가 분단이라는 현실 위에 놓여 있다.

재외 동포들 역시 분단이라는 현실에서 자유롭지 못하다. 해외에 나갔을 때 남한에서 왔는지 북한에서 왔는지 질문을 받는 것은 누구나 한 번쯤 경험해 보았을 가벼운 에피소드라 치자. 더 나아가 재외 한인들은 자신이 속한 현지 국가의 정치 체제에 따라 남북한 중 한 곳과의 연대를 끊임없이 확인받으며 살아왔다. 중국 조선족과 조총련 소속 재일 동포, 구소련의 고려사람들은 북한과 이어져야 했고 미국과 유럽 등지의 한인들은 남한에 대한 충성을 시험받았다.

그런데 헤로니모 선생이 가졌던 조국에 대한 소망은 조금 달랐다. 그는 자신의 조국을 상상하면서 쿠바와 사상적 노선이 같았던 북한, 1990년대에 들어서 도움과 환대의 손길을 뻗어 준 남한 중 어느 쪽에도 치우치지 않으려 했다.

이분법적 사고에 갇히지 않으려는 의식적 선택일 수도 있고 하나를 택하면 다른 하나를 등질 수밖에 없는 현실을 거부하는 무언의 몸부림이었을 수도 있다. 아버지 임천택 선생이 1905년 떠났던 조선, 원래 하나였던 조국에 대한 향수이자 염원이었을 수도 있다. 이런 차원에서는 북한을 개별적 디아스포라 집단이라고 인식하는 것보다 한인 디아스포라들이 꿈꾸는 완성된 조국의 일부로 여기는 것이 나을지도 모르겠다.

어느 쪽으로도 치우치지 않은 온전한 형태의 조국을 꿈꾸었던 헤로니모 선생을 미지의 세계에서 우연히 마주쳤을 때 나는 큰 희열을 느꼈다. 내가 오랫동안 고민하던 한인 디아스포라들의 이중, 다중적인 정체성에 대한 해답을 갖고 있는 인물이라고 생각했다. 100퍼센트 쿠바인이자 100퍼센트 한인, 그 이상의 세계 시민성을 갖춘 헤로니모 선생의 모습에서 디아스포라가 지향해야 할 삶의 태도와 이상을 보았던 것이다.

자전

　　나는 임은조 입니다

나는 마땅사스 에서 태여 났습니다, 그 1926년
9월 30일, 그래서 나는 일흔네살 입니다.
우리 아버지는 임천택 입니다 와 내 어머니는
김귀히 입니다.

우리는 지금은 쿳바에 삽습니다, 그러나 우리는
한국사람 입니다, 그런대 나는 한국말을
잊었습니다, 지금은 한국말을 다시 공부합니다,
정정이. 우리 선생님을 좋습니다.

나는 우리 조국이 사랑 합니다.

나는 꿈이 있습니다, 우리 나라에 다시 가고싶습니다,
와 연합 조선이 가고싶습니다.

　　　　　　　　　　　　　2001년 2월 24일

헤로니모, 세상에 나오다

다큐멘터리 신의
강림

쿠바에서 파트리시아의 차에 탄 것이 왜 나에게 단순한 우연이 아닌지 이제 설명이 될 것 같다. 나는 디아스포라와 한인 정체성이라는 화두에 오랜 기간 몰두하고 있었고 헤로니모라는 인물을 알게 되며 '이 사람을 통해 한인 디아스포라의 의미를 더 깊게 파고들 수 있겠다'는 설명하기 힘든 끌림을 느꼈다. 그리고 친구들과 쿠바로 돌아가 첫 촬영을 시작하면서부터 헤어날 수 없는 이야기들 속으로 빠져들어 갔다. 내가 계획했던 모든 것을 뛰어넘는 세상이 나를 기다리고 있었다.

다큐멘터리 제작자들은 가끔 "다큐멘터리 신이 우리에

게 강림하는 순간들이 있다."라는 우스갯소리를 한다. 처음 쿠바에 가서 파트리시아와 만났을 때 내가 소형 카메라를 들고 있었던 것이 그런 순간 중 하나일 것이다. 7개월 뒤 친구들과 쿠바에 다시 갔을 때도 그런 순간들이 많았는데 특히 두 가지 일이 기억에 남는다.

첫 번째는 카르데나스의 한인들과 만난 일이다. 쿠바 한인들은 크게 아바나, 마탄사스, 그리고 카르데나스에 모여 산다. 우리는 전적으로 파트리시아에게 의존해 그녀가 짜 준 일정표대로 촬영하고 다음 행선지로 이동했기 때문에, 매번 대략의 상황만 예상했지 구체적으로 무슨 일이 벌어질지는 몰랐다.

촬영 사흘째 되던 날, 준비가 늦어졌고 길도 헤매는 바람에 우리가 약속한 집에 도착했을 때는 벌써 많은 이들이 모여 있었다. 30명 정도의 한인들이 있었는데 대부분 어린 친구들이어서 호기심 많은 눈동자들이 우리의 동선을 따라다녔다. 쿠바 한인들은 현재 6세대까지 있으며 4, 5, 6세대에는 단 한 명의 '순혈' 한국인도 없다. 그 자리에 모인 사람들도 백인, 흑인, 동양인, 라틴계 등 다양했는데, 모두 스스로를 한인이라고 소개했다.

우리도 미국에 사는 재미 한인들이고, 쿠바 한인을 만나러 왔다고 인사했다. 그런데 곧, 예상치 못한 일이 벌어지기 시작했다. 그들이 우리를 위해 작은 공연을 준비한 것이다. 이 장면은 영화에도 등장하는데, 솔앙헬이라는 소녀가 한국 가요를 부른 후 "나는 한국인입니다."라며 서툰 한국어로 고백했을 때, 우리는 코끝이 찡해지며 잠시 할 말을 잃었었다. 우리는 그런 답을 강요하지도 예상하지도 않았으며 이들에게 한인 정체성이 어느 정도 영향을 주고 있는지를 알아보고 싶을 뿐이었기 때문이다. 솔앙헬은 증조할머니가 한국인이셨는데, 굳이 수치로 표현하면 12.5퍼센트 정도 되는 본인의 한인 혈통과 정체성에 대해 굉장한 자부심을 갖고 있었다.

솔앙헬 다음으로는 씨실리오 할아버지가 손자와 함께 기타를 갖고 나와 「아리랑」을 불러 주셨다. 자신들도 한국의 전통 민요를 알고 있고 이 선율을 통해 우리와 동질감을 느끼고 싶다고 말하는 것 같았다. 표현할 수 없는 마음이 들어 힐끗 뒤를 돌아보았더니 친구들도 뭉클한 감정을 느끼며 상기되어 있었다.

나는 평소 내가 「아리랑」의 선율을 듣고 거룩한 감상에 젖어 정서적으로 동요되는 어르신 세대와는 다르다고 생각했었다. 월드컵 때 「아리랑」을 부르며 기쁨에 들뜬 적은 많지만, 쿠바에서 들었던 「아리랑」은 나를 무너뜨렸다.

그들이 「아리랑」을 알리라고는 예상하지 못했다. 조금 혼란스러웠다. 이곳은 아직도 마차가 다니는 쿠바의 어느 시골집 뒤뜰이었기 때문이다. 한국인의 외모가 아니라 다양한 인종의 외양을 한 사람들이 모여 「아리랑」을 부르고 즐거워하는 모습에서 나는 시공간을 초월한, 미약하지만 존엄한 존재들의 힘을 보았다. 그들의 공연은 비록 아무도 몰라줄지라도 자기 존재를 한인 정체성 속에서 발견하고 선포하는 행위였다. 무엇이 그들을 한국인이게 할까, 이것은 그들의 피나는 의식적 노력일까 자연스러운 발현일까, 정체성이란 타고나는 공통의 기억인가 습득하고 유지되는 노력의 산물인가. 다큐멘터리 신은 홀연히 나타나 감동과 생각할 거리를 동시에 떨어뜨려 놓고 떠났다.

다큐의 신은 촬영 마지막 날에도 나타났다. 우리는 모든 촬영을 마치고 아바나 중심가에서 저녁을 먹으려고 어슬렁거리고 있었다. 끈질긴 호객 행위에 시달리던 중 한 흑인을 만났는데 그는 우리가 한인이라는 것을 알고 크게 기뻐하며 자신도 한인이라고 소개하는 것이 아닌가. 처음에는 그를 의심했고 반신반의하며 그에게 인터뷰를 요청했다. 그는 자신보다 자신의 할아버지가 우리를 만나고 싶어 할 것이라며 일행을 어디론가 이끌었다. 우리는 카메라를 다시 꺼내 들고 그를 따라가기 시작했다.

5분 정도 걸어 무너질 것 같은 허름한 건물의 입구로 들어섰고, 한참을 더 들어가 작은 방 앞에 이르자 퀴퀴한 냄새와 어두운 조명 속에서 고령의 한 노인이 몸을 일으켰다. 귀가 어두운 할아버지에게 손자가 큰 목소리로 상황을 설명했고 노인은 이해를 했다는 듯 우리에게 손을 내밀어 악수를 청했다. 1919년생 알투로 할아버지는 한인들이 쿠바에 도착한 1921년 전에 멕시코에서 출생한 한인 중 유일한 생존자였다. 그는 스페인어로 이렇게 외쳤다.

"나의 조국은 한국이야. 왜냐하면 한국만이 우리 아버지와 어머니를 인정했거든. 그렇기 때문에 내 조국은 한국이야. 난 쿠바인이 아니고 한인이야."

미국으로 귀국하기 전날 밤이었고 모든 예정된 촬영이

끝난 상태였다. 그런데 우연히 쿠바 내 가장 고령의 한인을 만났고, 그는 자신이 한인이라고 외치고 있는 것이다. 알투로 할아버지는 한국에 한 번도 가 본 적이 없고, 아마 앞으로도 갈 기회가 없을 것이다. 어쩌면 그가 평생 처음 만난 쿠바 밖 한인이 우리였는지도 모르고 그의 관념 속 한국과 실제 한국이 전혀 다를지도 모른다. 하지만 그는 한인이라는 자신의 정체성에 확신을 가지고 있었고 이를 생명처럼 붙들고 있었다.

「헤로니모」영화에서 알투로 할아버지가 등장해 자신의 조국은 한국이라고 말하는 장면은 관객들에게 가장 드라마틱하고 감동적인 장면 중 하나로 꼽힌다. 하지만 영화 밖 현실 속에는 언제나 더 복잡한 날것 그대로의 문제들이 존재한다. 바로 여기서 다큐멘터리 영화와 실제 현실의 경계가 나뉜다. 곰팡이가 가득한 비위생적인 집, 거동을 거의 못 할 정도로 불편한 건강 상태, 극심한 가난 등 열악한 상황은 고결하기까지 했던 그의 부르짖음과 너무나 큰 대조를 이루었다.

이후 쿠바에 갈 때마다 알투로 할아버지를 찾아뵈었고 고추장을 선물로 가져다 드렸다. 처음 고추장을 드렸을 때 어린 시절 고추장과 밥을 섞어 물에 말아 맛있게 먹은 기억을 자랑스럽게 들려주었기 때문이다. 그는 매번 새 고추장을 자기 그릇에 전부 덜어 낸 뒤 플라스틱 용기를 깨끗이 씻어 우리에게 돌려주었다. 플라스틱 통이 쿠바에서 귀하기 때문에 우리가 빈 통을 원한다고 생각한 것 같다.

마지막으로 그를 찾아간 것은 2019년 7월 초였다. 그는 더 야위어 보였고 5평 남짓 되는 집은 더 엉망인 상태였다. 통역 없이 혼자 간 길이라 그와 소통하기가 쉽지 않았다. 늘 가져가던 고추장을 이번에도 받아 들었지만 그는 곧 내게 돈을 달라고 부탁했다. 그런 요구가 불편하지 않았지만 그가 나에게 돈을 요구할 수밖에 없는 현실이 안타까웠다.

알투로, 헤로니모, 파트리시아와 크리스티나, 영화에 등장하는 모든 이들의 영웅적이고 감동적인 삶의 이면에는 이념과 가난, 오해와 불신으로 야기된 얼룩진 현실이 존재한다. 우리는 모두 불완전한 존재이기 때문에 지나치게 숭고할 수도 영원한 영웅일 수도 없다. 위인들의 숭고함과 현실의 초라함은 사실 손바닥의 앞뒤처럼 공존한다. 그렇기에 우리는 누군가의 불완전성에 지나치게 실망할 필요가 없으며 동시에 우리 안에 내재한 영웅성을 발견하려는 시도를 멈추어서도 안 된다. 헤로니모 선생이 자녀들에게 남긴 편지의 마지막 구절처럼 말이다.

네 스스로와 이 사회 앞에 존귀한 자녀들아, 너의 행동과 고결한 생각과 더 멋진 개념 의식이 아름다운 현실을 창조할 것이다.

열정 프로젝트에서
인생 프로젝트로

2016년 8월, 우리 팀은 첫 쿠바 촬영을 마치고 미국으로 돌아왔다. 120여 명이 넘는 후원자들의 지원과 친구들의 자발적 참여, 그리고 쿠바 한인들의 따뜻한 초대가 탄생시킨 프로젝트의 시작이었다. 그때까지만 해도 나는 1주간의 촬영, 6명의 인력, 1만~2만 불의 제작비, 6개월 정도의 편집으로 20~30분짜리 단편 영상을 만들어 유튜브에 올릴 수 있을 것이라고 생각했다. 하지만 결과적으로 나는 50여 번의 촬영, 70여 명 이상의 인력, 16만 불의 제작비, 3년여의 제작, 93분짜리 다큐멘터리 영화를 만들었으니 이때의 판단은 이상적이고 순진무구한 것이었다.

쿠바에서 돌아와 곧바로 영상 편집을 할 수 없다는 걸 깨달았다. 대부분의 인터뷰가 스페인어로 진행되었기에 촬영의 내용을 이해할 수가 없었던 것이다. 40여 명의 인터뷰 내용을 받아 적고, 그것을 영어로 번역하고, 번역문을 추려 가며 이야기를 구축하는 작업이 필요했다. 한 인터뷰당 적어도 1~2시간의 시간을 촬영했으니 총 80시간이 넘는 인터뷰 내용이 쌓인 상태였다.

나는 도움을 청하기로 했다. 도움의 손길이 필요할 때 늘 자원봉사자들이 속속 출현했다. 가깝게는 사촌 누나부터 멀게는 「헤로니모」 프로젝트의 팔로워까지, 그들은 순전히 자신의 시간과 노력을 투자해 인터뷰를 기록하고 번역해 주었고 소중한 그들의 이름을 나는 영화 크레디트에 올렸다.

번역이 진행되는 동안 파트리시아와 연락을 주고받으며 헤로니모 선생과 함께 일했던, 혹은 개인적인 관계가 있는 이들이 미국과 한국에도 거주하는지를 알아냈고 그들에게 연락을 취하기 시작했다. 내가 「헤로니모」라는 다큐멘터리를 제작하는 중이라고 소개하고 인터뷰를 제안했을 때 그들은 단 한 명도 예외 없이 이방인에게 듣는 임은조, 헤로니모라는 이름을 진심으로 반가워했다.

이제서야 본격적인 프로젝트가 시작되고 있다는 걸 알았다. 사실 그럴 수밖에 없었다. 처음에는 헤로니모가 쿠바 혁명에서 싸웠다는 사실에 매료되었으나 그를 알아 갈수록 이면에 숨어 있는 더 큰 이야기들이 나타났다. 헤로니모 선생을 더 입체적으로 이해하기 위해서는 한반도와 미국, 멕시코와 쿠바의 혼란한 시대 배경과 굴곡진 역사에 친숙해져야 했다.

조사의 범위가 확대되니 인터뷰할 이들의 숫자도 늘어났다. 나는 미국과 한국의 근현대사와 이주사를 알고 있는 학자들과 한인 전문가들을 찾아가기 시작했다. 도산 안창호 선생의 막내 아드님인 랄프 안 선생, UC 리버사이드 대학의 장태한 교수, 한인 저널리즘의 대부 이경원 기자, LA 한인역사박물관의 민병용 관장, 멕시코 한인사에 대해 책을 쓰신 이자경 선생 등을 쉴 새 없이 만나 인터뷰했다. 이경원 기자는 대학 시절 재미한인대학생총회 이후 10년 만에 다시 만난 나에게 "찰나 같은 인생에서 인생의 나침반이 될 수 있는 숨은 영웅들을 발견하려는 시도를 멈추어서는 안 된다."라며 진심 어린 격려를 해 주었다.

이 기간이 2016년 말에서 2017년 중순까지였는데, 이

때 한국에서는 박근혜 대통령이 탄핵당했고 미국에서는 도널드 트럼프가 대통령에 당선되었다. 트럼프는 오바마 전 대통령이 확장했던 미국인의 정의와 자격 범위를 축소하고 노골적인 정체성 정치를 통해 자신을 지지하는 백인, 기독교, 민족주의자, 보수 세력을 공고히 했고, 소수 민족과 소수자들을 배척했다. 그의 반이민, 반난민 정책은 외국인과 이민자에 대한 혐오주의를 부추겼는데, 이는 이민자들과 그 후손들의 이야기인「헤로니모」의 제작을 막 시작하던 나에게 깊은 사명감을 던져 주었다. 소수 민족으로, 이민자로, 디아스포라로, 이중·다중 정체성 사이에서 자신을 찾아가는 헤로니모의 여정은 지난 세기 영웅의 일화일 뿐 아니라 현 시대를 살아가는 우리들의 이야기이기도 했으니까.

변호사 본업을 유지하며 주말과 휴가를 이용해 영화 제작과 인터뷰 촬영을 이어 가던 나는, 이런 상태로는「헤로니모」를 마무리하는 데 수년이 걸릴 거란 생각을 했다. 영화 제작에 전념할 때가 온 것이다. 두려움 없이 1년 정도 이 프로젝트에 온 힘을 쏟아붓기로 했고, 4년간 일하던 KOTRA에 사직서를 냈다. 죽이 되든 밥이 되든 내 모든 것을 걸어야 할 인생 프로젝트가 시작되었다.

회사를 그만두고 「헤로니모」에 전념하기로 결심했을 때 "절벽에서 뛰어내린 후에 낙하산 펴는 방법을 궁리하라." 라는 말을 들었다. 뉴욕의 한 커리어 워크숍에서 한인 디자이너가 한 말이었는데 중요한 결정을 내릴 때 마음이 강력히 움직이는 방향을 우선 선택하고 그 이후에 수습해야 될 현실에 대해 생각하라는 의미였다. 인생을 계획적으로, 위험 부담을 최소화하며 사는 이들에겐 무책임하게 들릴 수도 있는 말이다. 하지만 나 역시 중요한 기로에서 늘 내 가슴을 강력히 움직이는 쪽을 선택한 것 같다. 「헤로니모」 역시 그랬다. 그리고 나에겐 많은 운이 따랐다.

평소 디아스포라와 한반도에 대해 남다른 견해로 내게 많은 것을 일깨워 준 법륜 스님이 영화에 출연해 주었고, 후에 장관이 된 강경화 선생은 헤로니모 프로젝트를 처음부터 지켜보고 후원해 주었다. 1990년대 쿠바에 특파원으로 파견되어 실제 헤로니모 선생을 만난 적이 있었던 박영선 전 장관도 인터뷰 요청에 응해 주었고 첫 한인 메이저리거 박찬호 선수는 「헤로니모」 제작 발표회에 두 번이나 찾아와 주었다. 『7막 7장』의 저자이자 올가니카의 대표인 홍정욱 회장은 영화 제작에 후원을 아끼지 않았고, 뉴욕 한인 변호사 협회에서 만난 가수 이소은 씨는 재능 기부로 영화의 사운드트랙「고향의 봄」을 불러 주었다. 많은 분들이「헤로니모」의 취지와 중요성에 공감해 주셨고 후원과 격려를 아끼지 않으셨다.

영화 제작에 올인하자 프로젝트의 규모는 걷잡을 수 없이 커졌다. 나는 기회가 닿는 대로 소셜 미디어에 프로젝트를 공유하고 관심을 갖는 언론과 인터뷰를 진행했다. 일이 커지니 제작비도 늘어났다. 컬럼비아 대학, 남가주 대학, UC 리버사이드 대학에서 연구 보조금을 받았으며 한국영화진흥위원회와 재미 한인 사업가 최로이 프로듀서의 도움으로 제작비를 조달하고 공동 제작자도 고용했다. 이때 추가 크라우드 펀딩을 진행했는데 무려 300여 명으로부터 5만 불에 가까운 자금이 모였다. 영화의 거의 모든 제작비가 개개인들의 후원으로 채워지는 건 사실 드문 일일 것이다. 그것도 영화 제작 경험이 전무하던 내게…. 그들의 눈에 나의 무모한 시도가 애처롭게 보였을 수도 있고, 혹은 쿠바 한인의 이야기라는 희소성 있는 스토리에 열광했기 때문일 수도 있다. 어느 쪽이 되었든 나는 겸허해졌고 모든 후원자들께 진심으로 고마웠다.

그렇게 나는 한국과 쿠바, 미국 전역을 다니며 쿠바 한인 사와 관련된 모든 것들을 알아 낼 준비를 했고 1년 동안 4개 국가의 20여 개 도시에서 70명이 넘는 사람들을 만나 영화를 촬영했다. 쿠바 한인사를 현재 진행형으로 탈바꿈하는 과정이었다.

나는 늘 제 앞가림도 잘 못하면서 어떤 가치에 꽂히면 거기에 열정적으로 임했고 그것을 많은 이들과 공유하고 싶어 했다. 쿠바 한인사가 우리에게 던져 줄 긍정적인 시사점에 대해 신념을 갖고 있었기에 그냥 믿고 직진했다. 어떻게 진행되는지 모를 정도로 분주했고 정신없이 시간이 흘러갔다. 그리고 2018년 2월, 우리는 쿠바로 마지막 촬영을 떠났다.

마나티에서의
마지막 촬영

쿠바의 마지막 촬영은 뉴욕의 전문 촬영 기사들과 함께했다. 1년 반 전 6명의 친구들과 갔을 때와는 사뭇 다른 마음가짐으로 비행기에 올라탔다. 파트리시아와 크리스티나 할머니는 영화 제작이 아직도 안 끝났냐며 그때 본인의 차에 나를 태우지 말았어야 했다고, 우리 때문에 네 인생이 바뀌어 미안하다고 농담 섞인 인사를 건넸다. 오랜만의 조우로 우리는 화기애애했지만, 상기된 마음으로 즐겁게 도착했던 그전보다 나의 자세는 진중해져 있었다. 큰 비용을 주고 고용한 촬영 기사와 녹음 기사들, 복잡해진 장비 때문인지 촬영장의 분위기도 사뭇 진지했다.

이번 촬영의 목적은 쿠바 한인들이 1921년 처음 쿠바에 도착했을 때 닿은 항구 도시 마나티를 다녀오는 것이었다. 영화의 마지막 장면에 등장하는 곳이고, 헤로니모 선생이 기념비를 세우기 위해 아바나에서 12시간 넘게 버스와 트럭을 바꿔 타며 수십 번을 다녀간 곳이기도 하다. 쿠바 한인들이 처음 도착한 곳이자 헤로니모 선생이 쿠바 한인 기념비를 세운 이곳이 내게는 한인 디아스포라를 상징하는 성지같이 느껴졌다. 긴 여정의 끝을 쿠바 한인들이 처음 도착한 곳에서 마무리하고 싶었다.

쿠바에 오기 바로 전 선교사님이 찍은 예전 마나티 영상을 본 적이 있었다. 선교사님이 어설프게 촬영한 장면들이었지만 그 속의 마나티는 환상적이었다. 뭉게구름이 예쁘게 핀 맑은 날, 외딴 바닷가 마을에서 한복을 곱게 차려입은 30여 명의 사람들이 기념비를 중심으로 손을 잡고 서 있었다. 쿠바 현지인과 구별이 되지 않는 이 한인들은 쿠바 국가를 불렀고 「아리랑」과 「고향의 봄」도 함께 불렀다. 붉은 한복을 입은 노년의 신사가 한편으로는 서글픈, 한편으로는 희망을 염원하는 글을 읊는다. 헤로니모 선생이었다.

80년 전인 1921년 3월 25일 오늘, 300여 명의 한인을 태운 따마울리파스 증기선이 바로 이곳 부두에 도착했습니다. 그들이 첫발을 내디딘 이 땅에 우리는 오늘 기념비를 세웁니다. 300여 명의 우리 선조들은 많은 슬픔과 어려움을 겪었습니다. 그러나 조국의 역사와 문화를 지키겠다는 뜨거운 정신으로 가정을 이루고 새 삶을 꾸리며 절대 현실 앞에 무릎 꿇지 않았습니다. 이 기념비는 하나의 상징입니다. 쿠바인과 한인을 상징합니다. 두 기둥은 한인과 쿠바인들의 불굴의 의지를 반영합니다. 두 민족의 형제애가 영원하길 바랍니다.

우리는 아바나에서 출발해 이틀을 꼬박 달려 마나티에 도착했다. 길을 잃기도 하고 차가 고장 나기도 했다. 이 먼 길을 달려왔는데 기념비를 촬영하지 못하는 건 아닐까 노심초사했지만 우여곡절 끝에 40년도 더 된 구식 트럭을 빌릴 수 있었다.

어쩌다 보니 우리는 20여 년 전 헤로니모 선생이 이용했을 교통편을 타고 기념비로 향하고 있었다. 덜컹이는 트럭에서 창밖을 내다보는 헤로니모의 손자 넬시토의 표정이 카메라에 담겼는데 개인적으로 나는 영화에서 이 장면이 가장 마음에 든다. 우리 벤이 고장 나지 않았다면 얻을 수 없는 순간이었다.

노을이 질 때쯤 도착한 마나티는 인적이 드문 해변 마을이었다. 해변 끝 넓은 공터에 위치한 쿠바 한인 기념비는 관리가 전혀 되지 않아 녹슬고 기울어지고 칠이 벗겨져 있었다. 이 작고 초라한 곳에서 시작한 쿠바 한인사가 한반도와 세계 전역에 퍼진 한인들에게 던져 줄 잔잔한 파장에 대해 상상해 보았다. 헤로니모 선생은 과연 알았을까. 기념비가 세워진 지 17년 뒤, 뉴욕에서 관광을 온 한인 청년이 친구들과 카메라를 들고 이곳을 방문하게 될지. 카메라에 담긴 기념비가 자신의 조국 대한민국에 개봉되어 관객들에게 소개될지.

그렇게 마지막 촬영을 마쳤다. 하지만 가장 중요한 관문이 기다리고 있었다. 바로 편집 작업이었다.

편집이라는
긴 터널

2018년 4월, 뉴욕의 쿠바인 편집가 얀과 함께 영상 편집을 시작했다. 20대까지 쿠바에 살다가 이후 유럽과 미국에서 영상 관련 일을 하던 얀은 쿠바인 특유의 자유분방하고 유연한 성격을 갖고 있었다. 그는 베테랑 편집가가 아니었지만 나 스스로가 편집에 조금은 자신이 있었기에, 얀의 부족함을 채울 수 있을 거라고 생각했다.

3개월이면 스토리에 어느 정도 윤곽이 잡힐 것이라는 얀의 예상은 빗나갔다. 그는 내가 얼마나 많은 촬영을 했는지, 이 스토리가 얼마나 복잡한 것인지 전혀 몰랐기 때문이다. 나 또한 우리 집 침실에 책상 두 개를 들여 소형 편집실을 만들 때까지만 해도 예상하지 못했다. 이 비좁은 공간에서 야과 10개월의 시간을 보내게 될 줄은.

「헤로니모」 개봉 이후 "제작 과정 중 제일 힘들었을 때가 언제였냐."라는 질문을 받을 때마다 나는 늘 창작 과정이라고 답한다. 창작 과정이란 야과 함께 이 컴컴한 방에서 보낸 1년 이상의 시간을 말한다. 나는 초보 감독의 열정으로 감당할 수 없이 많은 촬영을 했다. 촬영 과정을 지켜보던 송재선 감독과 박한결 프로듀서가 "조셉, 촬영을 많이 해서 소스가 많아지는 것은 좋지만 편집할 때 아마 고생 좀 할 거야."라고 건넨 말의 뜻을 그제야 이해했다. 200시간이 넘는 영상을 1시간 30여 분의 결과물로 만들어야 했다. 이 편집의 과정은 실로 긴 고뇌와 인내와 인격을 시험하는 시간이었다. 당시에 적었던 짧은 글의 내용처럼 나는 두려움을 떨치기 위해 나름의 노력을 해 나가야 했다.

지금 나를 괴롭히는 것은 한 번도 해 보지 않은 일을 하면서 겪는 불확실함이다. 불확실함은 필연적으로 두려움을 수반한다. 두려움은 긍정보다는 부정적 에너지를, 부정적 에너지는 자신감 결여와 스스로에 대한 회의와 위축으로 이어진다. 저 악순환을 깰 수 있는 방법은 믿음 하나뿐이다. 나의 부족한 부분을 믿음으로 채우려는 것에 대해 나는 늘 회의감을 갖고 있지만, 불확실함과 두려움이 엄습하는 이럴 때가 아니면 언제 믿어 본단 말인가. 나의 잠재적 능력으로든 신의 도움으로든 결국 잘 풀릴 것이라고 한번 믿어 보자.

촬영한 것들을 리뷰하고 정돈하는 데만 첫 두 달이 훌쩍 지나갔다. 편집을 한창 이어 가던 2018년 여름, 항생제를 잘못 복용해 심하게 살이 빠졌다. 그동안 나를 움직였던 열정과 사명감은 사라지고 책임감과 인내심만 남았다. 늘 참여하던 뉴욕의 여러 네트워킹 행사와 프로페셔널 단체 모임에서 자취를 감추었다. 출구가 보이지 않는 터널을 지나고 있다는 생각에 스트레스가 심했다.

학생 때 단편 다큐멘터리를 만들어 본 적은 있었지만, 장편은 근본적으로 다른 차원의 작업이었다. 장편에는 단편에서 간과했을 수도 있는 전체적 구조에 대한 긴 호흡법과 각 시퀀스들의 연결에 대한 더 복잡한 사유가 필요했다. 우리는 짧은 시퀀스들을 합치고, 보완하고, 제거하고, 중간

전환 장면을 새롭게 만들고, 재구성하고, 순서를 완전 뒤바꾸는 등 수백 번의 편집과 재편집을 반복했다.

시나리오에 맞추어 편집을 하는 것이 아니었기에 끊임없이 새로운 시도와 실험을 이어 갔지만 국내 공중파나 외국 방송 다큐멘터리를 흉내 낸 듯한 어설픈 인물 영상을 벗어날 수 없었다. 나중에는 스스로 판단할 힘이 없어서 남동생 의석에게 자주 피드백을 구했다. 괴로움에 머리카락을 쥐어뜯던 어느 날, 의석이 물었다.

"결국 무슨 이야기를 하고 싶어?"

단순한 이 질문에 나는 뒤통수를 맞은 기분이 들었다. 내가 창작의 벽에 오랫동안 막혔던 이유는 서사의 구조와 형식에 집착하고 있었기 때문이었다. 편집 초기만 해도 나는 내가 영화에 직접 등장하는 것이 마음에 들지 않았다. 헤로니모 선생의 유산에 누가 된다고 생각했기 때문에 내가 등장하지 않아야 한다는 강박관념에 사로잡혀 근본적인 것을 잊고 있었다.

초심을 상기해 보면 중요한 것은 기술적, 구조적 전개가 아니었다. 헤로니모 가족을 만나 이 여정을 선택하고 결국 하고 싶었던 이야기는 헤로니모 선생이 평생 씨름하셨던 질문, "나는 누구이고 한인이란 무슨 뜻인가, 디아스포라의 삶은 어떤 것인가?"를 관객에게도 물어보는 것이었다. 사실 그것이 전부였다. 내가 경험한 그 우연성, 감동, 호기심, 경외감을 그대로 전달하면 어떨까. 내가 헤로니모를 좇는 화자가 된다면 많은 것들이 해결될 것이고 이 본질에만 충실하다면 괜찮을 것이란 생각이 들었다.

이 깨달음은 나를 해방시켰다. 오랫동안 나를 짓누르던 짐이 갑자기 사라지는 기분이었다. 창작을 하며 누구나 이런 문제에 직면할 것이다. 무언가에 강력하게 이끌렸을 때, 그 아름다움을 표현하기 위해 음악을 만들고 글을 쓰고 사진을 찍지만 이를 보다 더 완벽하게 구현하려는 집착에서 첫 마음과 본질을 놓치는 경우가 있다. 고통과 고뇌의 과정이 없이 위대한 창작물이 만들어질 순 없겠지만, 본질을 잃은 창작물은 많다. 결국 생명력 있는 창작물이 탄생하기 위해서는 자신이 이끌렸던 초기의 열정과 감동을 담을 수 있어야 한다.

영화에 내가 등장하자 모든 것이 자연스러워졌다. 왜 헤로니모라는 인물에 빠져드는지 개연성이 부여되고 관객들은 화자인 나의 호기심을 통해 동일한 질문을 하게 되었다. 무엇보다 스토리 전개가 인위적이지 않고 정직해졌다. 그렇게 「헤로니모」가 탄생했다.

간절한 염원의
결과물

편집을 시작한 지 1년여가 지나 2019년 5월이 되자 스스로
가 납득할 수 있을 정도의 결과물이 나왔다. 현재 온라인에
서 시청할 수 있는 완성물보다는 조금 더 긴 버전이었다.

뉴욕에서 첫 비공식 상영회가 열리는 날, 영화 제작에 가
장 큰 후원을 해 주었던 지인들을 초대해 그들이 3년 동안
기다린 영화를 처음 공개했다. 얼마나 긴장을 했는지, 나
는 내내 목이 타서 쉴 새 없이 물을 마시며 숨죽인 채 지인
들의 표정을 지켜보았다. 영화가 끝난 후 모든 이들이 오랜
시간 동안 한인 정체성과 디아스포라라는 주제에 대해 진
솔한 이야기를 주고받는 것을 보았을 때 나는 안도했다. 작

품성에 대한 평가도 물론 중요했지만, 그보다 내가 전하고 싶었던 주제에 대해 사람들이 깊은 사유와 토의를 한다는 사실이 기뻤다.

얼마 후 내게 가장 중요한 상영회 기회가 주어졌다. 국내 한 방송사의 도움으로 쿠바 한인들이 다 같이 모여 「헤로니모」를 관람할 수 있게 된 것이다. 나는 스페인어 자막 버전을 서둘러 만들고 그들을 만나러 갈 채비를 했다. 2019년 7월, 아바나행 비행기에 몸을 실었다. 2015년 12월 28일에 쿠바에서 파트리시아와 헤로니모 가족을 처음 만난 이후, 3년 반 만에 결과물을 들고 가게 된 것이다.

헤로니모 선생의 딸 파트리시아와 손자 센더는 미국 마이애미로 이주해 쿠바에 없었지만, 헤로니모 선생의 부인 크리스티나와 아들 넬슨, 손자 넬시토, 헤로니모의 형제자매들과 다른 한인들 총 60여 명이 모였다. 영화 시작 전 나는 "저는 헤로니모 선생과 쿠바 한인들의 이야기가 한반도를 바꿀 수 있다고 생각합니다. 한국은 분단 상황이기도 하지만 이념적 갈등이 사회를 양분하고 있고 통합의 희망이 필요합니다. 저는 쿠바 한인들의 이야기가 그 희망을 줄 것이라 확신합니다."라고 인사말을 건넸다.

모두들 두근거리는 마음으로 영화를 지켜보는 듯했다. 이제 91세가 되신 크리스티나 할머니는 화면에서 가족이 나올 때마다 큰 소리로 "저건 내 딸이야. 저건 내 아들이 야." 외치며 주위 분들의 애정 어린 웃음을 자아냈다. 하지 만 영화가 이어지면서 크리스티나 할머니는 울음을 멈추지 않으셨다. 많은 이들의 눈가가 촉촉해졌다.

영화가 끝나자 쿠바 한인들은 진심 어린 축하와 청찬을 해 주었다. 쿠바 한인의 역사를 헤로니모 선생과 가족을 중 심으로 해석한 데에 소외감을 느끼는 분들이 없을지 염려 했지만 기우였다. 모든 분들이 내 손을 잡고 '우리의 공통 된 역사를 치우치지 않고 담아 주어 고맙다'고 말해 주었 다. 크리스티나 할머니는 "이제 죽어도 여한이 없다."라는 말씀을 반복하시며 나를 안아 주셨고 나는 "다음 영화는 '크리스티나'라는 제목의 다큐이니 그런 말씀 마세요." 하 며 애써 웃었다.

마음이 너무 복잡했다. 표현할 수 없는 감정들이 나를 스 쳐 갔다. 나는 3년 반 전 쿠바에 처음 왔던 날, 크리스티나 할머니가 표현했던 남편에 대한 간절한 염원을 떠올렸다. 그 염원이 나로 하여금 영화를 만들게 했다. 그의 간절한

염원에 혜로니모 선생을 기억하는 다른 이들의 삶과 이야
기들이 더해져 영화가 완성된 이 과정이, 이 현실이 아름답
고 애절하게 느껴졌다.

헤로니모가 이어 준
수많은 헤로니모들

영화를 만드는 과정에서 헤로니모의 인생에 스쳐 지나간 70여 명의 인물을 찾아다녔는데, 그중에는 헤로니모와 오랜 시간을 보낸 양원건, 정경석, 이일성, 이진남 선교사들이 있었다. 그들은 1990년대 중반부터 헤로니모 선생이 타계한 2006년까지 수년간 그의 옆을 지켰고 헤로니모와 쌓은 친밀하고 따뜻한 기억들을 나에게 공유해 주었다.

이들은 선교 활동을 위해 쿠바의 전 오지를 헤매 다녔다. 동구권에 의지하던 경제가 무너지며 식량 대란이 일어난 당시 쿠바의 한인들에게 선교사의 존재는 단비 같았다. 물질적 지원은 물론이고 한국의 문화와 역사와 언어가 그들을 통해 전달되었다. 쿠바 한인들은 「애국가」, 「아리랑」, 「고향의 봄」을 부르기 시작했고 1990년대 초 유행하던 「만남」도 흥얼거리게 되었다.

종교 활동에 편견이 있던 나도 선교사님들을 만나 뵈며 그들의 삶의 자세에 잔잔한 감동을 받았고 그들이 쿠바 한인들에게 끼쳤을 긍정적인 영향에 대해 곱씹어 보았다. 선교사들은 쿠바 한인들이 처음 대면하는 쿠바 외부의 한인이었고 한국이라는 뿌리를 찾아 이어 준 유일한 징검다리였다. 인터뷰를 하며 만난 쿠바 한인들 대부분이 선교사님들을 그리워했다.

「헤로니모」를 만든 후 내가 가장 많이 들었던 질문이자 영화에서 가장 논란이 될 수 있었던 내용은, 헤로니모 선생이 돌아가시기 전 기독교인이 되었을까 하는 부분이었다. 영화를 관람하는 이의 시각에 따라 헤로니모는 순수한 사회주의 혁명가로 혹은 기독교로 개종한 사회주의 회의론자로 비추어질 수 있을 것이다.

한 인간의 깊은 내면의 믿음을 쉽게 판단할 수는 없겠지만 나는 헤로니모가 어느 한 종교로 국한할 수 없는 인류애를 품고 있었다고 생각한다. 이데올로기가 첨예하게 대립

하던 시대와 삶의 궤적을 같이한 헤로니모가 제도 종교의 본질에서 자신이 이룩하고자 했던 인류애적 가치를 발견했을 수도 있을 것이다. 하지만 내 짐작은 절대적인 사실이 될 수 없고, 영화에서도 이 부분은 어느 정도 해석의 여지를 남겨 두고 싶었다.

헤로니모를 통해 만난 특별한 인연 중 또 한 분은 이순종 선생이다. 1960년에 열다섯 소녀였던 그는 헤로니모의 부친인 임천택 선생과 여러 차례 서신을 주고받은 인연이 있었고, 헤로니모가 1995년에 광복 50주년 한민족대축전에 참석하기 위해 대한민국에 처음 방문했을 때 그를 만나게 된다. 나는 기사를 검색하다 이순종 선생에 대해 우연히 알았고 그를 만나 인터뷰를 진행했다.

임천택 선생은 1930년대, 재미 동포들에게 얻은 잡지에서 천도교와 동학사상에 대한 내용을 보고 감명을 받아 천도교인이 되기로 결심했다고 한다. 훗날 그가 기독교로 개종했다는 주장도 있지만, 사실 여부를 떠나 그와 후손들은 천도교와 오랫동안 깊은 연을 맺고 살았다. 역시 천도교 교인이었던 중학생 이순종 선생은 1950년대 말 쿠바의 한인 중에 천도교 교인이 있다는 말을 듣고 호기심에 편지를 보냈고 놀랍게도 임천택 선생의 답장을 받았다.

그는 60여 년 전 임천택 선생과 교환했던 서신들을 아직까지 너무나 깨끗한 상태로 보존하고 있었다. 약 2년간 편지를 왕래했던 세세한 기억들, 그때의 떨리던 감정, 그리고 35년 뒤 임천택 선생의 아들 임은조 선생을 만났을 때 느꼈던 가슴 깊은 감동도 전해 주었다.

"그는 분명 인내천 사상을 이해하고 있었을 거예요. 제 편지에도 그런 정신이 가득했거든요."

이순종 선생은 임천택 선생과 헤로니모가 하나의 종교에 얽매이지 않는 더 큰 세계관을 가지고 있었다고 피력했다. 60년 전 한 소녀의 호기심으로 시작한 편지. 그 편지를 받았던 태평양 건너 쿠바의 한 독립운동가 아저씨. 35년 뒤 편지를 교환했던 아저씨의 아들 헤로니모의 한국 방문, 그와의 감격적 만남. 그 후 23년 뒤 미국에서 자신을 찾아온 한 청년. 그 청년에게 전하는 자신의 겸허한 신앙관, 삶, 그리고 기억. 세월과 공간, 종교를 초월하는 소시민의 위대한 사랑이 전해져 왔다.

이순종 선생님과 선교사님들이 없었다면 헤로니모 선생의 성품과 인격, 세계관을 이토록 가까이 이해할 수 없었을 것이다. 그들이 없었다면 아마 헤로니모 선생도 없었을 것이다. 「헤로니모」 영화를 작업하며 종교를 초월해서 수많은 작은 헤로니모들을 만나는 축복을 맛보았다.

새로운 발견,
새로운 연결

「헤로니모」를 여러 곳에서 상영하면서도 인상 깊은 일들이 일어났다. 2019년 6월, 낯선 이메일이 왔다. 노스캐롤라이나주의 페이엣빌Fayetteville이라는 도시의 한글 학교에서 학생들을 가르치는 교수님께서 연락을 준 것이다. 나는 당시 「헤로니모」 작업 때문에 미국 여러 한글 학교 선생님들과 어린 한인 학생들의 정체성에 대해 정기적으로 이야기를 나누고 있었다. 연락을 준 교수님께서는 "우리 동네는 조금 특별합니다. 미국에서 가장 큰 군부대가 있는 곳입니다."라며 운을 떼셨다. 나는 두말없이 가겠다고 회신을 했고 두 달 후, 페이엣빌에서 아주 특별한 경험을 했다.

보통 한글 학교 하면 떠오르는 학생들의 이미지는 우리가 육안으로 확인할 수 있는 '한인'이다. 하지만 페이엣빌에서는 이런 선입견이 무너졌다. 이곳의 학생들은 대부분 혼혈아였다. 미군 부대에 한글 학교가 있다는 것은 미군과 결혼한 많은 한인 여성들이 거주하는 지역이라는 의미이기도 했다. 페이엣빌뿐만 아니라 애리조나주의 시에라비스타Sierra Vista, 워싱턴주의 타코마Tacoma 등 큰 미군 부대가 있는 곳에는 이런 한인 여성들과 자녀들이 공동체를 이루며 살아가고 있었다.

비공식 통계이지만, 한국 전쟁 이후 현재까지 국제결혼을 통해 해외로 이주한 한인 여성들은 많게는 50만 명에 이른다. 물론 최근에는 유학생으로 혹은 외국에 거주하면서 현지인을 만나 결혼하는 경우가 대부분이지만, 한국 전쟁 이후 경제 성장을 이루기 전까지는 많은 한인 여성들이 미군과 결혼해 미국에 뿌리를 내렸다.

이들은 우리가 미처 생각지 못한 또 다른 한인 디아스포라였다. 경제적으로 낙후한 대한민국에 달러를 보내 가족을 부양했고, 1960년대 미국 이민법이 개정되어 가족 초청이 허용된 후에는 친부모와 형제자매들을 미국으로 초청해 미주 한인 사회가 뿌리를 내리는 데 큰 공헌을 했다. 이런 숨은 공로에도 불구하고 한국에서는 물론, 미국 내 한인 공동체들도 이들과 그 자녀들을 편견을 갖고 바라보는 경우가 많았다. 자연히 자녀들은 경직된 한인 커뮤니티보다 타인종에 더 관대한 미국 현지 사회에 마음을 주었고 미국의 언어와 문화에 익숙지 않은 한인 어머니보다 미국인 아버지를 더 따랐다.

우리가 인지하든 그렇지 않든, 우리는 자신이 속한 국가의 운명, 시대적 풍파와 평행선을 그으며 삶을 살아간다. 한국 전쟁이라는 가슴 아픈 역사로 인해 대한민국에 주둔했던 미군들과 결혼해서 미국에 정착한 한인 여성들은 여태껏 등한시되거나 연민의 시선 속에 있었다. 페이엣빌의 한인 청소년들은 호기심에 가득 차 자신들과 비슷한 모습을 한 쿠바 한인 후손들의 영상을 응시했다. 그리고 그들 뒤로 이역만리 미국에 남편만을 믿고 따라와 가정과 공동체를 이룬, 말 못 할 사연들을 가슴속에 담고 있을 한인 여성들이 있었다. 그들처럼 우리에게 잊힌 디아스포라가 얼마나 더 많이 존재할까.

미국에서 「헤로니모」를 상영하며 인상 깊었던 또 다른

일은 샌디에이고 아시안 영화제에서 있었다. 영화제에 참석하기 두어 달 전, 소셜 미디어에서 한 메시지를 받았다. 미국으로 이주해 온 한 쿠바 한인의 후손이 "헤로니모 같은 공산주의 살인마를 영화로 만드는 걸 부끄럽게 여겨라."라는 공격적인 조롱을 보내온 것이다. 언짢은 마음이 들었지만 대화를 선택했다. 그가 이런 글을 보낸 이유를 짐작할 수 있었기 때문이다.

1959년 쿠바 혁명이 일어났을 때 대부분의 쿠바 한인들은 가난한 노동자들이었다. 반면에 극히 소수였던 한인 자본가들은 상대적으로 윤택한 삶을 누리고 있었다. 혁명 후 모든 사유 재산이 국영화될 위기에 처하자 쿠바 한인 자본가들은 미국행을 택했다. 쿠바에 남은 대다수의 한인들과 미국으로 이주해 온 소수의 한인들은 당연히 서로에 대한 불신과 편견을 쌓아 갔다. 미국으로 온 한인들은 쿠바에 남은 이들을 공산주의 독재 체제의 희생양이라고 여겼고, 쿠바에 남은 한인들은 미국으로 간 이들을 미 제국주의에 종속된 이기적인 자본가라며 손가락질했다. 그들의 후손들 역시 같은 시선으로 쿠바와 미국에 사는 서로를 바라보고 있었다.

나에게 메시지를 보낸 사람도 쿠바에서 미국으로 넘어
온 소수 한인 자본가의 후손이었다. 그의 눈에 헤로니모는
카스트로 독재 정권에 동조한 무자비한 공산 혁명가로 여
겨졌을 것이다. 하지만 상상 속 편견으로 굳어진 헤로니모
의 이미지를 깨고 제대로 그를 이해시키고 싶은 마음에 나
는 이렇게 답을 보냈다.

저는 쿠바를 떠나 미국으로 온 당신의 증조부에 대해 큰
존경심을 갖고 있습니다. 하지만 미국으로 온 당신의 증
조부도, 쿠바에 남은 헤로니모도 조국을 사랑하고 그리
워한 한인 후손들이라 생각합니다. 모두 각자의 삶에서
자신이 생각하는 최선의 선택을 했을 뿐, 그 선택에 악의
가 있었다고 생각하지 않습니다. 제가 존경하는 그들의
후손이 제게 이런 메시지를 보낸 것을 유감스럽게 생각
합니다. 저는 당신의 할아버지를 존경하는 만큼 헤로니
모 선생을 존경합니다. 그 이유는 제 영화에 담겨 있습니
다. 저는 헤로니모 선생을 미화하려고 하지 않았습니다.
속는 셈치고 제 영화를 통해 헤로니모 선생에 대해 다시
생각해 주시길 바랄 뿐입니다.

나의 친절한 답장에 당황한듯 그는 공격적인 어조를 거두고 영화가 나오면 보겠다는 답을 보내왔다.

두어 달 후, 샌디에이고 아시안 영화제에 초청이 되었고 기쁜 마음으로 상영을 앞두고 있을 때였다. 영화제 관계자가 다가오더니 "조셉, 쿠바 한인의 후손이라는 분들이 10명 정도 와서 방금 티켓을 사 갔어. 그런데 분위기가 심상치 않던데?"라고 귀띔해 주었다.

얼마 전 나에게 메시지를 보낸 사람과 그 일행일 거라는 직감이 들었고 갑자기 겁이 났다. 혹시라도 상영 중에 훼방을 놓으면 어떡하지? 관객과의 질의응답 시간에 이상한 발언을 하면 어쩌지? 나는 어느 때보다 긴장하며 영화가 끝나기를 기다렸다. 이어 관객과의 대화 시간이 왔고, 아니나 다를까 쿠바 한인 후손으로 추정되는 이들 중 한 명이 곧바로 손을 들어 첫 질문을 하는 것이 아닌가. 마이크가 그녀에게 전달되었고 나는 침을 꿀꺽 삼켰다.

"조셉, 나는 에스더라고 해요. 영화 속에 나오는 쿠바 한인 선조 중 한 분이 제 증조할아버지예요. 얼마 전에 제동생이 당신에게 메시지도 보냈다고 하더군요. 제 증조할아버지는 쿠바 혁명 이후 캘리포니아로 넘어왔고 세세대가 지났어요. 솔직히 우리는 그동안 쿠바에 남은 한인들에 대해 좋은 인상을 갖고 있지 않았었어요. 오늘 이영화를 보러 오며 과연 헤로니모와 쿠바 한인들이 어떻게 묘사되었을지 궁금했어요. 조셉, 이렇게 말하고 싶어요. 영화를 통해 헤로니모 선생에 대해 존경심을 갖게 될줄은 정말 몰랐어요. 영화를 보고 나니 그의 선택이 이해가 되네요. 어려운 상황에서도 헤로니모가 한인들을 위해 헌신했던 것을 보며 그에게 깊은 감사를 느꼈어요. 이런 영화를 만들어 줘서 고마워요. 우리의 공통된 역사를 영화화해 줘서 고마워요."

긴장했던 다리가 풀릴 것 같았다. 극장을 나오자 에스더의 가족들이 서서 한 명씩 나를 따뜻하게 포옹해 주었다. 선조들은 비록 서로에 대한 오해와 불신으로 사셨지만 후손들이라도 쿠바에 남은 한인들과 화해와 용서, 이해와 연대를 해야 할 것 같다고도 말해 주었다. 그 후 이들은 실제로 페이스북을 통해 쿠바에 있는 한인 후손들과 친구를 맺고 교류를 이어 가고 있다. 나는 이들에게서 작은 통일을 목격했다.

대한민국에서 「헤로니모」를 개봉한 이후에도 공격적인 메시지나 조롱 섞인 리뷰를 받을 때가 있었다. 예외 없이 이념적이고 정치적인 공격이었다. 왜 망해 버린 쿠바의 공산주의자를 미화시키느냐, 순수한 사회주의자를 왜 서구의 시선으로 다루며 함부로 기독교인으로 개종시키느냐는 내용이 반반이다. 이념의 양 진영에서 문제를 삼는 격이다.

하지만 나에게는 이념의 시선에서 헤로니모 선생을 바라보려는 의도가 없었다. 그는 이념과 정치 논리를 초월해 인류애를 실천한 인물이다. 영화 말미에 에스민다라는 쿠바 한인이 했던 말처럼 말이다.

"제 관심사와 삶의 목적은 모든 한인들이 형제자매로서 더 가까워지는 거예요. 그들 간에 친밀한 정이 생기는 것. 그것이 헤로니모의 꿈이었어요."

「헤로니모」,
한국의 관객을 만나다

독립 영화 감독들과 제작자들도 자신의 작품이 대형 스크린에 걸리는 행복한 상상을 한 번쯤은 해 본다. 하지만 상상은 상상일 뿐 현실에서는 큰 기대를 하기가 어렵다. 「헤로니모」의 경우에 운 좋게 소규모 영화제와 비공식 상영회에서 상영될 수 있었던 것만으로 진정 행복한 경험이었다. 영화가 대한민국에 공식 배급되어 극장 개봉이 된다는 것은 쉽게 그려 볼 수 없는 일이었다.

그렇지만 나는 2019년 3월, 한국에 잠시 들어왔을 때 대형 배급사부터 소규모 배급사까지 열 군데 정도에 연락을 했고 「헤로니모」에 대한 소개와 함께 작품을 보냈다. "주제

의식은 좋은데 상업적으로 잘 모르겠다."라는 답변과 함께 모든 곳에서 거절을 당한 뒤 「헤로니모」의 생명은 거기까지라고 생각하고 출국을 앞둔 며칠 전이었다. 불현듯 오래전 외국 배급사에서 일했던 지인 이규창 형이 생각났고 지푸라기라도 잡는 심정으로 문자를 보냈더니 놀랍게도 긍정적인 답이 돌아왔다.

나와 외국계 배급사에서 같이 일하시다가 독립해서 새로운 배급사를 차린 남기웅 대표님을 소개해 줄게. 배급사 이름은 커넥트픽쳐스.

커넥트픽쳐스는 「귀향」, 「폴란드로 간 아이들」, 「교회오빠」, 「서서평」 등의 독립 영화를 배급한 영세한 배급사였다. 필모그래피에서 신앙, 인권, 보편적 가치를 소중히 여기는 회사임이 느껴졌다. 남기웅 대표는 과거에 대형 배급사에서 일하며 「겨울왕국 1」, 「어벤져스 1」, 「스파이더 맨」 등 수많은 작품들을 배급했던 화려한 경력의 소유자였지만 천만 명이 보는 영화로 사람들의 인생이 바뀌진 않더라는 말을 했다.

하지만 「귀향」, 「교회오빠」, 「서서평」 같은 작품이 사람들의 삶을 바꾸고 위로하는 것을 목격하며 이런 영화들을 세상에 연결하겠다는 결심을 했다고 한다. 그는 「헤로니모」를 본 뒤 디아스포라라는 주제에 강력한 소명을 느꼈고 이 작품에 무모한 확신이 생겼다고 했다.

커넥트픽쳐스를 통해 「헤로니모」가 국내에 소개될 수도 있다고 생각하니 너무나 감사하고 든든했다. 대작들이 많이 나오는 여름을 피해 늦은 가을 정도에 개봉을 해 보기로 계획했고 그때까지 마케팅 비용을 마련하고 홍보 방법을 찾기로 했다. 그런던 중 KBS에서 광복절 특집 다큐로 「헤로니모」가 소개되었다. 방송사 측에서 「헤로니모」가 광복절에 선보이기에 시의적절한 콘텐츠라 판단한 것이다. 나는 며칠간 KBS를 오가며 93분짜리 영화를 50분짜리 TV 버전으로 편집했고 광복절 저녁, 남기웅 대표를 초청해 부모님과 함께 거실 TV로 「헤로니모」를 시청하는 감격을 누렸다.

실감이 나지 않았다. 연결의 힘을 믿고, 선한 가치들을 이어 주는 커넥트픽쳐스를 통해 「헤로니모」가 국내에 공식적으로 소개되었다. 그날 나는 평소에 하지 않던 감사 기도를 드렸다.

그 후 우리는 「헤로니모」의 국내 극장 개봉 날짜를 2019년 11월 21일로 정했다. 그리고 재외동포재단의 후원으로 개봉 전 주에 VIP 시사회를 열기로 했다. 이 자리에는 강경화 당시 외교부 장관을 비롯해서 여러 한국사 전문가들과 비영리 단체, 대학, 방송국 관계자 400여 분이 함께 해 주었다. 영화 속에서 쿠바 한인들이 즐겨 부른 「만남」의 원곡 가수 노사연 씨에게 영화를 직접 보여 드리고 싶었는데 그런 나의 초청에 응해 노사연·이무송 부부도 단숨에 달려와 주었다. 또 평소 사회적 약자와 난민 문제에 관심이 깊은 배우 정우성 씨도 직접 찾아와 주었다.

정우성 씨의 소신 발언에 자주 공감했던 나는 오랫동안 그에게 「헤로니모」를 소개하고 싶었고, 쿠바 한인들의 삶을 증거로 그가 하는 일의 중요성을 알리며 감히 그를 응원하고 싶었다. 소셜 미디어를 통해 보낸 메시지에 그는 일면식도 없는 나를 만나 주었고 나는 「헤로니모」가 우리들에게 상징하는 바를 두서없이 전달했다. 그런 인연으로 그는 시사회 당일에도 와 주었고 아무런 조건 없이 영화를 응원해 주었다.

짧은 무대 인사와 함께 영화가 시작되었다. 많은 손님들을 모셔 놓고 나는 잠시 눈을 감았다. 만약 다시 눈을 뜬다면 꿈에서 깨어나지 않을까. 쿠바 한인사와 헤로니모 선생의 일대기가 한국에서, 이런 큰 극장에서, 한국인들에게 소개되다니. 모든 것이 내 손을 떠난 기분이었다. 헤로니모는 나의 의지와는 상관없이 이제 또 다른 긴 여정을 시작하게 되었다.

마음을 내려놓으니 평온해졌다. 관람석의 부모님을 바라보니 상기된 표정으로 영화를 감상하고 계셨다. 지난 3년 동안 영화를 찍는다며 걱정을 끼친 마음의 빚을 이날 조금이나마 해소할 수 있길 내심 바랐다. 영화가 끝나고 여러 분들의 축하를 받으며 꿈같은 시간이 흘러갔다. 그렇게 「헤로니모」가 국내에 개봉되었다.

「헤로니모」가 개봉되는 날, 블록버스터급 디즈니 애니메이션 「겨울왕국 2」가 함께 개봉되었다. 틈새시장을 노려 「헤로니모」를 이슈화하려는 전략은 큰 빛을 보지 못했다. 스크린을 얻지 못하는 구조적인 한계에 가로막혀 「헤로니모」는 전국 50여 개 영화관에서 대부분 이른 오전이나 자정 이후에 상영되었다.

영화가 극장에 걸린 지 일주일 되던 날 우려했던 것이 현실로 다가왔다. 주말부터 대형 멀티플렉스관에서 「헤로니모」가 사라진다는 소식이었다. 「헤로니모」를 관람한 이들의 평점은 높은 수준을 유지했고 갈수록 입소문이 나고 있었지만 어쩔 수 없었다. 아쉬움이 컸지만 내색할 수 없었다. 사실 한국의 극장에 「헤로니모」가 걸린 것만으로도 감사했기에 이길 수 없는 싸움에 너무 큰 의미를 부여하고 싶지 않았다.

집에 들어와 부모님께 담담하게 상황을 말씀드리고 잠시 통화를 하러 다녀온 사이 엄마가 울고 계신 것을 보았다. 엄마의 울음. 그동안 나의 무모한 여정을 묵묵하게 지켜보셨고 영화가 정말 개봉되자 지인들에게 영화를 열심히 홍보하고 자랑하던 그녀의 눈물을 마주하자 갑자기 오기가 생겼다.

희망적이고 열정적인 오기였다. 이 자신감의 바탕에는 「헤로니모」를 보고 큰 울림을 얻었다는 관람객들의 후기가 있었다. 쿠바 한인들과 헤로니모 선생의 삶이 국내 관객들의 일상에 잔잔한 울림과 자극이 될 수 있었다면 시간을 들여 노출을 해 나가며 영화의 파장력을 키울 수 있다고 생각했다.

남기웅 대표와 나의 이 순수한 오기는 감사하게도 여러 열매로 이어졌다. 배급사의 강력한 설득으로 주말 상영관을 지켜냈고 정우성, 최태성, 김어준, 손미나, 이동형 등 여러 인플루언서들의 감사한 지지를 받아 「헤로니모」가 퍼져 나갔다. 이재정 경기도 교육감과 유재선 성북구 청소년 센터장은 중·고등학생들을 대상으로 상영회를 진행하며 디아스포라와 정체성이라는 주제로 대화의 장을 열어 주셨다.

이 오기의 클라이맥스는 아마 청와대에 초청된 일일 것이다. 2019년은 3·1 운동 100주년이 되는 해여서 독립운동과 관련한 문화·예술 작품들을 선정하는 사업이 진행되었는데 「헤로니모」가 여기에 우수 사례로 뽑힌 것이다. 청와대 오찬에 초대받은 나는 문재인 대통령과 100여 분의 귀빈 앞에서 5분 동안 「헤로니모」의 의의와 독립운동, 그리고 디아스포라에 대해 발표할 기회를 얻었다.

나는 「헤로니모」가 만들어지기까지의 우연과 노력에 대해 간단히 소개하고 영화의 마지막 부분을 틀어 드렸다. 헤로니모 선생께서 「조국」이라는 시를 읽는 부분이었다. 발표가 끝나자 몇 초간 정적이 흘렀고 여러 분들이 눈물을 훔치는 것이 보였다.

조국은 순수하게 나라를 지킨 조상들의 유산이자 순교자들의 제물이다.

조국은 더 나은 미래를 꿈꾸는 모든 이들의 영감이다.

조국이라는 개념은 지리적 경계를 넘어선다.

한 나라에서 태어난 사람에게만 해당되거나 이기적 민족주의를 따르지 않는다.

애국심은 더 나은 세상을 열망하는 착취받고 고통받는 이들의 희망과 눈물과 합쳐져야 한다.

조국은 그것을 가질 자격이 있는 사람들의 존엄이자 명예이다.

―「조국」, 헤로니모 임

헤로니모 선생이 대한민국 대통령을 만났다. 그 순간 나는 '헤로니모는 만들어질 수밖에 없었다. 어쩌면 나는 쿠바에 갈 수밖에 없었고, 헤로니모의 딸이 운전하는 차에 탈 수밖에 없었고, 헤로니모라는 인물을 만나기 위해 내 인생에서 디아스포라라는 화두가 꾸준하게 등장할 수밖에 없었다.'라는 비논리적 감상에 젖어 들었다. 한 배낭여행객이 우연히 간 여행지에서의 여정을 영화화하고 한국의 대통령에게 그것을 소개하기까지, 그동안 존재했던 무한한 우연들의 연속성이 경이로웠다.

국내에서는 독립 다큐멘터리의 극장 관객이 1만 명이 넘으면 자축 파티를 한다고 했다. 「헤로니모」가 1월 말 마지막으로 극장에서 내려왔을 때 총 관객 수는 1만 6,000명이었다. 나는 진심으로, 모든 것에 감사했다.

5부

경계인의 가능성

실패한 자의
자유

변호사를 그만두고 감독이 되겠다고 결정하는 것이 힘들지 않았는지 물어 올 때면 난 늘 "「헤로니모」를 하지 않는 것이 내게는 더 어려운 결정이었습니다."라고 대답한다. 인생을 살면서 스스로에게 즐겁고 사회적으로도 의미 있는 프로젝트를 만나는 것은 쉽지 않다. 「헤로니모」는 두 가지를 다 갖추었던 프로젝트였다. 사실 나는 변호사를 그만두고 영화감독이 되어야지 하고 다짐한 적은 없다. 「헤로니모」는 새로운 커리어가 아니라 열정 프로젝트였기 때문이다. 그렇지만 아무리 내 가슴을 이끄는 프로젝트가 나타났다 해도 이런 선택을 쉽게 할 수 있었던 이유는 분명 있었다고 생각한다.

여느 직업처럼 법조계에도 성공적인 커리어 트랙이 있다. 로스쿨 졸업 후 대형 로펌이나 법원에서 일하고 판검사 등의 관문을 거치는 것이 그 트랙이다. 이 행보는 가장 유망한 동시에 경쟁이 심하다. 하지만 나는 변호사 커리어에서 소위 말하는 성공 가도를 달리고 있지 않았다. 내가 졸업한 법대는 중위권 학교였고 나는 뉴욕의 대형 로펌에 들어갈 만큼 최상위권 성적을 내지 못했다. 로스쿨을 졸업한 뒤 수많은 지원서를 냈지만 거절당했고 한동안 파트타임으로 일하면서 뉴욕의 첫 겨울을 우울하게 보냈다.

나 스스로에게 정직하게 질문해 봤을 때, 내가 「헤로니모」를 선뜻 시작할 수 있었던 건 성공이라는 트랙에서 벗어나서 얻은 자유 때문이었다. 나의 부족함을 정당화하거나 성공적인 삶을 폄하하려는 것은 아니다. 하지만 내가 누구나 부러워할 만한 커리어로 변호사 일을 시작했다면, 내 가슴이 이끄는 길을 선택해야 하는 순간에 담대하기 어려웠을 것이다. 역설적이지만, 세속적 성공을 이루면 이룰수록 자신이 이미 이룩한 성공 기준과 틀 안에 구속되기 쉽다. 성공으로 인한 딜레마다.

세상의 시선과 성공의 기준에서 자유로울 수 있는 이들은 많지 않다. 오히려 우리는 자주 성공으로 향하는 습관과 자세, 자기 계발, 자아에 대한 믿음과 노력의 중요성을 강요받는다. 반대로 성공으로 인해 자신이 누릴 수 있는 경험과 선택의 폭이 줄어들 수도 있다는 사실에 대해서는 생각해 보지 못한다. 법조계를 비롯해 성공한 전문직 동료들 중이 딜레마에 빠진 이들을 적지 않게 보았다. 그들은 평생 성공적인 삶을 보장하는 예측 가능한 공식을 충실히, 모범적으로, 헌신적으로 따랐다. 그 결과 어느 순간부터 물질적 안정과 사회적 성공을 누리는 자신을 발견한다. 하지만 그것이 정말 자신이 원하는 일과 삶의 방식인지 확신에 차 대답하는 이들은 많지 않았다.

　그런 의미에서 진정 원하는 길을 한 번이라도 걸어 보는 것이 나에게는 중요했다. 「헤로니모」를 하기로 결심했을 때, 나를 진심으로 걱정해 준 선배 변호사들이 있었다. 그분들은 1～2년의 공백이 변호사 커리어에 좋지 않은 영향을 줄 것이라고 조언했다. KOTRA에서 중소 로펌으로, 대기업 사내 변호사로, 혹은 국제기구 등으로 열심히 지원해도 시원찮을 판에 영화 제작이라니…. 성공의 기준에서 내 결정은 분명 비합리적이고 순진해 보였을 수 있다. 하지만 저 기준에 모두가 속박될 필요는 없다. 각자 삶에서 중요하다고 느끼는 가치와 기준은 다를 수밖에 없기 때문이다.

그런 면에서 내가 「헤로니모」를 만들게 된 것은 낭만적인 일탈도, 숭고한 사명감에 기반한 것도 아니다. 예상치 못한 우연과 감동에 의미를 부여하고 싶었던 내 욕망이었고, 성공적 커리어에서 이미 벗어난 이들만이 가질 수 있는 선택의 유연성이었다. 무엇보다 디아스포라라는 주제에 대한 오랜 호기심이 작용했다. 감동, 우연성, 호기심, 실패 같은 키워드는 계획, 전략, 원칙, 성공의 반대 개념이다. 우리는 인생에서 보통 후자가 중요하다고 교육받고 훈련받는다. 잘 계획된 목표 지점을 향해 열심히 달려가는 것이 좋은, 올바른, 때로는 유일한 인생 공식이라고 말이다. 하지만 과연 그런 것일까.

내게 가장 중요한 기준은 내 마음의 목소리였다. 내게는 「헤로니모」 프로젝트가 그 어떤 성공적 커리어보다 더 의미 있는 작업이 될 것이라는 확신이 있었다. 그리고 성공의 트랙에서 이미 벗어난 자유로움이 있었다. 성공의 딜레마가 아닌 실패의 자유가 있었기에 「헤로니모」를 보다 더 쉽게 시작할 수 있었다.

내가 패배 의식이나 열등감에 사로잡히지 않고 내 마음의 소리에 귀 기울여 가슴 뛰는 열정을 가질 수 있었던 가장 큰 원동력은 부모님이다. 부모님은 내가 번번한 변호사 직을 구하지 못해 뉴욕 여기저기를 뛰어다닐 때도 "지금 겪고 있는 이 어려움은 꼭 필요한 것이고, 엄마 아빠는 이 길이 더 지속되어 네가 성장하기 바란다."라고 말씀하셨다. 아들의 혼란과 불안이 더 지속되길 원한다니, 무슨 저런 말씀을 하실까 하고 원망도 했지만 그들은 불확실성에 대한 대처와 불안함을 대하는 인내가 내 인격을 형성하는 데 필요한 과정임을 이미 알고 계셨다.

「헤로니모」가 국내에 개봉한 이후 가끔 부모님이 어떤 분들이시냐는 질문을 받는다. 대체 어떤 부모님이기에 아들이 변호사를 관두고 영화를 만든다는데 가만히 계셨는지 궁금하다는 것이다. 이럴 때 어떤 대답을 해야 할지 곤란하다. 사실 인생의 결정을 내릴 때 부모님의 의견에 크게 영향을 받은 적이 없었기 때문이다. 부모님의 조언을 구하지 않았다거나 그들의 의견이 중요하지 않다는 말은 아니다. 부모님은 그저 나의 결정들을 대부분 있는 그대로 믿고 수용해 주셨다. 단 한 번도 "그 길을 가지 마라." 말씀하신 적이 없었다.

"부모들은 많은 경우 자식들을 감독하고 싶어 한다. 자식들은 배우, 부모는 감독이 되어 지도하고 명령한다. 엄마와 아빠는 언젠가부터 감독이 아닌 관객의 역할을 하려고 마음먹었다. 너희의 고집을 못 이겨서이기도 하고, 너희의 자유와 선택을 존중하기 때문이기도 하다. 자기 욕심에 얽매인 감독의 역할이 아니라 진심 어린 응원을 보내는 관객의 역할로 너희의 행보를 지켜보는 것은 흥분되는 일이다. 다음 장에서 어떤 일이 벌어질지 기대하게 된다."

부모님은 가끔 영화에 빗대어 자신들의 교육 철학을 말씀하시지만 뒤에서는 노심초사하며 우리를 간절히 응원하셨을 것이다. 분명한 것은, 관객의 시선으로 축복을 보내는 그들 덕분에 나는 가장 고유한 내가 되었고 가장 나다운 길을 걸을 수 있었다는 것이다.

코로나 시대의
디아스포라

「헤로니모」의 국내 극장 상영은 종료되었지만 영화를 찾는 곳은 늘어났다. 미국 여러 도시의 한인회와 한국문화원 등 한국 관련 기관은 물론이고 쿠바 영화제나 대학의 중남미 학과 등 라틴아메리카와 관련된 기관도 관심을 보였다. 쿠바 한인이라는 협소한 주제가 아시아 디아스포라사, 남미 역사, 쿠바 역사, 소수 민족사, 정체성, 난민, 이주자 등 더 넓고 보편적인 주제와 지역으로 확장되는 것이 신기했다. 한 달 정도 미국 20개 도시를 다니며 상영회를 이어 갔고, 유럽의 5개 도시를 돌며 수많은 현지인들과 현지 한인을 만나 영화를 공유하는 축복을 누렸다. 나는 단지 영화를 상영하러 간 것이었지만 고령의 한인 이민자들부터 젊은 유학생 부부까지 그 자리에 모인 분들 모두는 영화를 통해, 나와의 대화를 통해 어떤 해답을 찾으려고 했다. 자녀를 둔 부모들일수록 헤로니모 선생의 삶에서 아이들이 나아가야 할 디아스포라적 삶의 표본을 찾고 싶어 한다고 느꼈다. 그것은 이민자들의 고충이었고 경계인들이 가진 삶의 방향성에 대한 고뇌였다. 미국과 유럽 등지에서 마주친 한인 이민자들은 「헤로니모」가 상징하는 디아스포라라는 개념에 대해 한민국 사람들보다 더 적극적으로 공감했다.

미국과 유럽 투어를 마치고 2020년 3월 초, 다시 뉴욕으로 돌아왔다. 6월까지 미국 전역에서 서른 번의 추가 상영회가 잡혀 있었고 곧 이어 동유럽, 러시아, 남미에서도 「헤로니모」 상영이 기획되고 있었다. 들뜬 마음을 가라앉히며 숨을 고르고 있던 중, 세상이 바뀌어 버렸다. 코로나 바이러스로 여태껏 당연하다고 생각하던 모든 것이 멈추어 버린 것이다.

코로나 바이러스는 아마 우리 세대가 경험하는 첫 번째 존재론적 위협일 것이다. 지난 4년간 내가 진정으로 믿고 추구했던 열정 프로젝트와 디아스포라라는 가치가 코로나 바이러스라는 전대미문의 위협 앞에서 갑자기 부질없다고 느껴졌다. 대자연, 재해, 질병, 사고 등 격변하는 세상에서 과연 우리가 믿는 신념, 소명, 믿음은 어떤 의미가 있을까.

무기력함과 두려움이 엄습하는 이때에 심리학자들이 하나의 보고서를 발표했다. 코로나 바이러스 같은 전염병이 이민자들과 외국인에 대한 혐오를 유발하는 심리적 기능을 갖고 있다는 것이다. 미국과 유럽에서 아시아인들이 혐오 범죄의 공격 대상이 된다는 뉴스도 끊이지 않았다. 아시아계 미국인들이 미국인으로서 정당성을 의심받는 현상은 새로운 일은 아니다. 9·11 테러 후에 아랍계 미국인들이, 불법 체류자 관련 범죄가 발생할 때는 남미계 미국인들이, 국가적 악재가 겹칠 때마다 소수 민족이 희생양이 되었고 존재의 정당성은 늘 시험받았다. 우리는 타인의 정당성이 시험받는 것에는 무관심하지만, 화살이 나에게로 향할 때는 부당함과 심각성을 깨닫는다.

이 시점에 나는 한국을 바라보았다. 한국은 코로나 바이러스에 성공적으로 대처해 세계의 부러움을 받았고 국민들도 자부심을 느끼고 있었지만 고개를 돌려 보면 중국과 중국인에 대한 혐오도 공존했다. 조선족이 모여 사는 대림동에 대한 악의적 추측 기사도 난무했다. 나는 미국에서는 공격의 표적이 되는 한국인이었지만 동시에 온라인 공간에서는 중국을 공격하는 한국인의 일원이 되는 아이러니를 경험했다. 피해자 집단의 일원이자 가해자 집단의 일원이 된 것이다.

극한 상황일수록 정제되지 않은 두려움과 차별, 위선을 목격한다. 이럴 때 나타나는 개인과 공동체, 국가의 대응은 그들이 지향하는 삶의 가치관을 보여 준다. 현재 있는 곳에서 혹은 떠나온 곳에서 존재의 정당성을 의심받는다면, 나라는 존재의 가치를 어디에서 찾아야 할까. 내 정당성을 의심하는 사회를 향해 어떤 몸부림을 보여 줘야 할까.

희미하게나마 디아스포라와 코로나 바이러스의 공통점을 발견했다. 둘 다 존재의 정당성에 대한 물음이었고, 우리 옆에 있는 이들과 어떻게 공존할 수 있는지의 문제였으며 더 나아가서는 인류애에 대한 실험이었다.

나는 코로나가 가장 심했던 뉴욕에서 벗어나 한국에 입국했다. 여러 국가에서 예정되었던 상영회는 모두 취소되었지만 한국에서의 상영회는 진행되었기 때문이다. 한국의 방역 시스템에 안정감을 느낀 것도 잠시, 잇달아 일어난 한국과 미국의 여러 사건들은 나와 이웃의 공존에 대해 조금 더 깊은 차원에서 생각해 보는 계기가 되었다.

2주간의 자가 격리를 끝내고 국내에서 이런저런 발표와 상영회를 이어 가던 중 미국에서 조지 플로이드 사건이 터졌다. 조지 플로이드라는 흑인 남성이 백인 경찰의 무릎에 목이 짓눌려 사망한 사건이었다. 곧 미국 전역에서 1960년대 이후 가장 큰 규모의 흑인 민권 운동이 일어났다. '흑인의 생명은 중요하다(BLM, Black Lives Matter)' 운동이었다.

조지 플로이드 사건을 접하며 LA 폭동 사건을 떠올렸다. 몇몇의 한인들이 운영하는 가게가 방화되었다는 소식을 들었을 때 긴장이 되었지만 이번에는 사건이 다른 양상으로 진행되었다. 내 또래나 더 어린 세대의 재미 한인들이 조지 플로이드를 추모하는 평화적 시위에 적극적으로 동참했고 다른 소수 민족들과 함께 거리를 행진하며 "Black Lives Matter!"를 외쳤다.

1992년 이후 28년 만에 다시 일어난 대규모 시위를 보며 나는 한인들이 성숙해졌다고 느꼈다. 재미 한인들이 미국인이 되기 위해, 소수 민족의 일원으로 인정받기 위해 치러야 했던 대가, 모든 디아스포라들이 거주 국가에서 필연적으로 겪을 수밖에 없었던 현지화의 과정, 이민 1세대들이 희생과 침묵으로 차별과 폭력, 고통을 견뎌 얻어 낸 산물이 시민적이고 보편적 의무로 발현되었다고 생각했다.

조지 플로이드 사건은 "당신 재미 한인들은 미국 내 다른 소수 민족들과 연대할 수 있는가?", "당신들은 민족적 고립주의에서 벗어날 수 있는가?", "당신들이 외치는 정의와 우리들이 외치는 정의는 같은 것인가?"라는 질문을 다시금 던져 주었다. 다민족 사회에서 사는 한인 디아스포라들이라면 앞으로도 계속 씨름해 나가야 할 문제들이다.

반면 한국에서는 조지 플로이드 사건에 앞서 5월에 이태원 사건이 일어났다. 성 소수자들이 즐겨 찾는 이태원 클럽에서 코로나가 번지며 성 소수자들에 대한 악의적 보도와 추측이 언론과 여론을 통해 퍼져 나갔다. 비슷한 시기에 약자와 소수자들에 대한 차별을 금지하자는 차별 금지법에 대해 여러 기독교 단체들이 대규모 반대 시위와 성명을 쏟아 내는 일도 벌어졌다.

나는 독실한 기독교 집안에서 자랐지만 다양한 환경을 접하며 보편 가치와 이성적 논리에 익숙해지면서 한국식 기독교가 신을 알아 가는 절대적인 방법이 아니라는 것을 깨달았다. 그것은 신앙의 부정이 아닌 신앙의 본질에 더 가까워지고 싶은 갈증으로 이어졌다. 일부 교회와 교단이 성소수자와 타 종교를 배척하고 타인에 대한 혐오를 부추기는 모습에서 나는 신앙의 산물도 본질도 발견할 수가 없었다. 그것은 무비판적이고 맹목적인 이데올로기로 굳어지고 변질된 믿음의 결과물이 아닐까.

코로나가 터지면서 미국과 한국에서 벌어지는 사건들을 바라보며 나는 혼란스러웠다. 연관성이 희박해 보이는 두 개별적 사건들은 구체적인 맥락은 다르지만 근본적으로는 같은 질문을 던지고 있었다. 우리는 다른 소수자들과 연대를 통해 평화롭게 공존할 수 있는가?

세계 시민 정신에
닿다

2018년에 제주도에서 예멘 난민 사태가 벌어졌을 때 나는
한창 「헤로니모」를 제작하고 있었다. 당시에 조선인들이
대한제국을 떠나 멕시코 에네켄 농장에서 겪었던 고통의
역사를 한창 편집하고 있었는데, 이 부분에 멕시코 유카탄
지역을 지나던 한 중국 상인이 조선인들에 대해 묘사한 편
지가 나온다.

누더기 옷과 다 떨어진 신발을 신고 있는 한국인 노동자
들은 멕시코인의 조소의 대상이었다. 눈물 없이는 이들
을 차마 볼 수가 없었다. 떼를 지어 에네켄 농장에서 일

했는데, 부인네들은 아기를 등에 업은 채 일을 하고 있었다. 마치 동물 이하의 생활 같았다. 멕시코에서는 토착 원주민을 제5위, 6위 노예로 부르는데 한국인 노동자들은 제7위 노예였다. 이들이 작업 목표량을 다 달성하지 못하면 무릎을 꿇게 하여 피가 날 때까지 못살게 굴었다.

헤로니모 선생은 자라나며 자연스럽게 에네켄 농장에서 일했던 아버지와 동네 어르신들의 삶을 목격했을 것이다. 이들이 겪은 탄압과 차별과 가난은 비참한 것이었다. 하지만 이들은 사람 이하의 도구로 취급당하면서도 농장주들에게 반항조차 할 수 없었다. 그럴 권리나 인권이 없는 외국 노동자였고 경술국치로 조국도 잃어버린 무국적 난민들이었다.

조국을 떠나 먼 타지에서 노예 같은 삶을 살았던 쿠바와 멕시코 한인들을 보면서 우리는 연민의 정과 안타까움을 느낀다. 우리 선조와 가족들에게도 일어날 수 있는 일이었다는 민족적 동질감이 있기 때문이다. 하지만 만약 그들이 한국인이 아니고 저 이야기가 과거가 아니라면, 이 연민의 마음을 타민족에게도 동일하게 느낄 수 있을까? 나는 쿠바에서 어렵게 살아남은 조선 난민과 제주도에 정착한 500여 명의 예멘 난민을 동시에 바라보며 괴리감에 빠졌다.

한국에서는 예멘 난민에 대한 혐오가 난무했다. 난민에 대한 비상식적 수준의 편향 보도와 대중의 제노포비아(외국인 혐오증)가 수위를 넘었다. 청와대 국민 청원에 올라온 '난민 입국 반대' 서명은 71만이 넘었다. 잘못된 정보를 바로잡고 난민들의 인권과 보호를 주장하는 단체와 공인들은 마녀사냥을 당했다. 정치인들은 눈치를 보며 난민 이슈 자체를 외면했다. 상황은 방치되었고 건설적 토론도 일어나지 않았다. 한때는 난민이었던 우리가 이제는 그 반대편에 서 있었다.

나는「헤로니모」라는 작품이 상징하는 정신이 과연 어떤 것이어야 할까 고민했다. 한국에서「헤로니모」가 소개되었을 때 한국 관객은 과연 헤로니모라는 인물에게 박수를 보낼까. 소수 민족으로 온갖 차별과 편견에 굴하지 않고 당당히 자신의 삶을 개척한 그의 모습을 우러러보며 동시에 우리 주위의 타 소수 민족을 배타적인 시선으로 바라본다면 과연 헤로니모 선생이 상징하는 존엄한 삶은 어떤 의미가 있을까.

하지만 이내 깨달았다. 헤로니모 선생의 삶을 민족주의나 국수주의의 시각으로 해석하는 것은 그가 살았던 고귀한 삶에 대한 참된 묘사가 아니라는 것을. 내가 그를 보며 감동한 이유는 그가 추구했던 가치가 편협한 애국심이 아니라 이웃을 향한 인류애적, 인본주의적 세계관이었기 때문이다. 그가 추구했던 한인 정체성 또한 열등감이나 우월성이 아니라 이상적인 공동체를 만들기 위해 선행되어야 하는 자존감과 자아에 대한 존재론적 고뇌였다.

한국은 인구 대비 가장 많은 해외 디아스포라를 보유한 국가 중 하나이고, 분단 상황을 평화롭게 풀어 나가기 위해서라도 2,500만 명의 한인 이웃과 공존을 모색해야 하는 나라이다. 하지만 예멘 난민에 대해 보인 폐쇄적 태도라면 동남아시아와 아프리카 등에서 한국으로 이주한 수많은 헤모니모들에게 우리는 또 다른 에네켄 농장주로 비춰지지 않을까. 그때 나는 민족과 인종을 넘어서는 철학적 담론의 중요성을 절감했다.

한나 아렌트, 조르조 아감벤 같은 현대 정치 철학자들은 난민들, 이주 노동자들, 수용소에 갇힌 이들에 대해 다음과 같은 질문을 던진다. 인간은 생명체 자체로 권리를 갖는가 아니면 어떤 국가에 속한 하나의 시민으로 권리를 갖는가? 만약 자신을 지켜 주어야 할 국가가 이들을 추방시키거나 수용소에 가둔다면, 혹은 국가가 사라진다면 그들은 인간으로서의 권리를 상실하는가?

생각해 보면 내가 한국인에서 재미 한인으로, 다시 세계 한인 디아스포라로 나아간 것은 한인의 범주를 축소한 결과가 아니라 한인의 범주를 확장한 결과이다. 그로 인해 나는 이전보다 더 풍성한 자아를 경험했고 더 넓은 세계를 들여다볼 수 있었다. 내가 속할 수 있는 공동체들이 많아지면서 동시에 나의 세계로 들어올 수 있는 사람들의 범주 역시 넓어졌다.

세계 시민 정신, 코즈모폴리터니즘, 인본주의 같은 개념들은 아마 내가 속한 범주를 더 확장시키고 싶은 의지를 포착한 정신들일 것이다. 세계 시민 정신의 사전적 정의는 "특정한 지리나 국가에 국한된 정체성을 초월해 인류에 소속된 일원으로서 그에 상응하는 책임감과 권리를 행사하는 것."이다.

물론 세계 시민이 되라는 말은 진부한 도덕주의로 들릴 수 있다. 가까운 가족과 이웃, 국민을 벗어나 우리와 연관성이 적어 보이는 이들까지 아우를 수 있는 마음은 쉽게 생기지 않는다. 심리학에서도 유사한 내집단과는 달리 가시적 차이를 보이는 외집단에게 우리는 원시적 두려움과 부정적 편견을 갖는다고 한다. 생존을 위해 자연스럽게 발달한 진화의 결과일 수도 있다.

하지만 생존의 본능을 그대로 방치하는 것 또한 옳은 일은 아니다. 우리는 진부한 도덕주의 메시지와 자연주의의 오류 사이에서 팽팽한 긴장감을 가지고 씨름해야 한다. 나역시 유독 한인들에게 형제애를 느끼고 우리 공동체에서 가장 편안함을 느끼지만 가끔 그 범주에 함몰되고 있지 않나 물으며 나아가고 있다.

「헤로니모」를 작업하고 세계 시민 정신을 개념화하며 내가 찾고 보존하려 했던 한인 정체성이란 사실 그것을 초월하고 깨뜨리기 위한 전초전임을 깨달았다. 정체성이란 자아의 존재 가치를 이해하기 위한 하나의 기제이지만 그 자체로 절대적인 것은 아니었다. 정체성을 찾는 여정이 궁극적으로 세계 시민성으로 거듭나지 않고 민족주의와 우월주의에 빠진다면 이 모든 여정 자체가 무색해질 것이다.

「헤로니모」를 제작하며 뉴욕의 한 유대교 랍비를 찾아간

적이 있다. 3,000년 가까이 세계 전역에 퍼져 서로 다른 인종과 문화 속에 살아가면서 유대인들은 과연 그들의 정체성에 함몰되었을까 궁금해서였다.

"이스라엘에서도 이 문제는 늘 논란이 있습니다. 이스라엘 내 어떤 유대인들은 이스라엘 밖 유대인들의 정통성을 폄하합니다. 자신들만이 진정한 유대인이라는 주장을 펼치며 종교와 혈통, 지리적 요소들을 언급합니다.

하지만 저는 다르게 생각합니다. 유대인이라는 범위를 축소하는 것은 자기 파괴적인 결과를 낳습니다. 유대인의 범위가 배타적일수록 유대인의 자격을 충족할 수 있는 이들은 줄어들 것이고 결국 우리들은 사라질 것입니다.

유대인이 되고 싶은 다양한 배경을 가진 이들을 포용하고 받아들일 때 유대 전통 내 불필요한 요소들은 소멸할 것이고, 보존할 가치가 있는 요소들은 더 혁신적인 정체성으로 거듭날 것입니다. 이는 유대인을 더 견고하게 하는 동시에 확장해 줍니다."

공교롭게도 「헤로니모」 제작 후 나는 "한국인의 정의를 어떻게 내리나요? 한국인의 본질은 무엇이라고 생각하나요?"라는 질문을 많이 받았다. 한인의 정체성이란 사실 늘 변해 왔다. 현재의 정체성과 30년 전, 100년 전, 300년 전의 정체성은 다를 것이다. 그렇지만 우리는 동시에 역사를 이어 오며 만들어진 한인들만의 특수한 문화, 전통, 예술, 사상의 산물을 통해 자아를 인식하고 결국 보편성에 이를 수 있다.

나는 '한국인의 정의'라는 어려운 문제를 헤로니모 선생의 삶을 통해 답해 보고 싶다. 그에게도 말년에 이 주제가 삶의 중요한 숙제였다고 한다. 헤로니모 선생의 「조국」이라는 시에서도 그 고뇌의 깊이가 느껴진다. 나는 이 시의 '조국'이라는 단어를 '한인 정체성'으로 바꾸어 읽어 보았다.

한인 정체성은 순수하게 나라를 지킨 조상들의 유산이자 순교자들의 제물이다.

한인 정체성은 더 나은 미래를 꿈꾸는 모든 이들의 영감이다.

한인 정체성이라는 개념은 지리적 경계를 넘어선다.

한 나라에서 태어난 사람에게만 해당되거나 이기적 민족주의를 따르지 않는다.

한인 정체성은 그것을 가질 자격이 있는 사람들의 존엄이자 명예이다.

헤로니모 선생의 정신에서 나는 유대교 랍비가 언급했던 정체성의 확장을 본다. 민족의 개념에 속박되지 않는다면, 우리는 우리라는 범주를 넓힐 수 있을 뿐만 아니라 서로를 진정으로 끌어안을 수 있는 윤리적이고 박애적이며 인류애적인 자양분을 갖게 될 것이다. 내가 다른 한인에게 형제애를 느끼는 것이 단순히 민족적 동질감이 아닌 보편적 인류애에 기반한다면 그것은 더 고차원적인 사랑이지 않을까?

한국인, 한인을 어떻게 정의해야 하는가는 한국 국적자들만의 권리가 아니라 그 이상의 담론, 보다 넓은 인류학적이고 미래학적 개념, 단일 문화에서 다문화로 넘어가는 공동체의 이야기, 생명력이 있고 혁신적으로 진화하는 그 무엇이 되어야 할 것이다.

그런 면에서 세계 전역에 퍼져 자신만의 혼합되고 확장

된 정체성을 끊임없이 변화시키며 삶을 영위하고 있는 경계인, 디아스포라들은 좋은 표본이 될 것이다.

지도 너머의
정체성

디아스포라는 한인들에게만 국한된 현상이 아니다. 유대인, 아르메니아인, 아프리카인, 그리스인, 시리아인처럼 노예 무역과 전쟁, 학살과 탄압으로 이산된 집단들이 있는가 하면 영국, 독일, 네덜란드, 스페인, 포르투갈처럼 제국주의를 통해 자국의 인구가 식민지에 유입되며 형성된 디아스포라도 있다. 중국인과 인도인들처럼 상권 형성을 통해 퍼진 디아스포라도 존재한다.

그중 유대 민족은 기원전 6세기, 바빌론 유수를 시작으로 2,500년간 동유럽, 서유럽, 서아시아, 북아프리카, 아메리카 등지에 퍼져 조국이 없는 민족, 디아스포라로 살아왔다. 그들은 1948년 '시온'이라는 약속의 땅이 있는 팔레스타인으로 돌아와 이스라엘 국가를 재건한다. 시오니즘이라는 세계관은 실제 지리적으로 존재하는 국가의 형태이건 믿음 속에 존재하는 영적 안식처이건 온전한 조국이라는 향수, 상상, 신화로 그들에게 내재되어 고단했던 디아스포라사에 위로와 인내, 새로운 희망을 제시하는 나침반 역할을 했다.

하지만 이는 동시에 지나치게 국수주의적으로 발현되어 타민족인 팔레스타인인들에게 막대한 피해를 주었다. 이스라엘과 팔레스타인은 역사적으로 피해자와 가해자의 경계란 늘 바뀔 수 있으며 유동적이고 복잡한 것임을 보여 주었고 우리는 이를 지켜보며 한 집단의 존재와 투쟁, 연대가 정당성을 얻기 위해서는 인권과 평화, 인류 보편 가치를 바탕으로 해야 한다는 것을 알았다.

『탈무드』에는 "모든 유대인들은 서로 돌볼 책임이 있다."라는 문구가 있는데 이 정신을 대변하듯 유대인 기구(Jewish Agency)는 이스라엘의 평화, 디아스포라들의 귀화, 디아스포라들의 현지 거주 국가에서의 권리 신장, 유대인 정체성 보존과 관련된 사업을 운영하고 있다. 기구를 운영하는 의원들은 5년 선출직인데 이스라엘에 거주하는 사람들과 유대인 디아스포라가 같은 비율로 꾸려져 있다. 자칫 지나친 민족주의 연대로 보일 수도 있는 기구이지만 의원 중 일부는 종종 이스라엘의 팔레스타인 탄압과 무단 영토 침탈을 신랄하게 비판하고 미국 정부를 압박해 팔레스타인의 권리와 평화를 위한 운동을 벌일 때도 있다. 이스라엘 건국 전에 시오니즘을 지지한 많은 유대인들도 현재는 그 방향과 방식에 회의를 품기도 한다.

나는 문득 한인 디아스포라들에게도 우리만의 시온이 존재할 수 있을까 생각했고 '온전히 복원된 평화로운 한반도'가 한인 디아스포라들의 시온이 될 수 있지 않을까 상상해 보았다. 현재 대한민국의 정책 수립 과정에서 한인 디아스포라들이 직접적으로 참여할 수 있는 공식 채널은 없다. 민주평화통일자문회의나 재외동포재단 등을 통해 간접적으로 의견을 전달할 수 있을 뿐이다. 디아스포라들이 국내 정치와 사회 현안에 대해 일일이 개입하는 것이 바람직하지는 않지만 지역, 이념, 정파를 벗어나 보편적이고 객관적으로 한반도를 바라볼 수 있는 이들의 새로운 시각은 쓰임새가 있을 거라고 생각한다.

유대인 디아스포라를 반면교사로 남북 한인, 디아스포라, 이민자 등 다양한 한인들이 평화롭게 공존할 수 있는 한반도의 가능성을 상상해 본다. 시행착오가 많은 힘든 실험일지언정 비현실적이고 공허한 희망이라고 치부하고 싶지는 않다. 현재의 상태를 넘어서는 선도적이고 선진적인 한반도를 꿈꾸는 건 분명 우리 세대가 도전할 수 있는 가장 고차원의 대의가 아닐까.

온전히 복원된 한반도를 상상하기 위해서는 어떤 세계관과 역사관이 바탕이 되어야 할까. 나는 「헤로니모」라는 작품 때문에 본의 아니게 디아스포라라는 주제로 강연할 자리가 많이 생겼고, 미국 전역의 한글 학교와 한인 단체들, 미국 대학의 한국학 부서 등에 초청되어 발표를 이어 나가고 있다. 그러면서 자연스럽게 한인들의 역사와 역사관에 관해 고심하게 되었다.

그러던 중에 유대인의 기원부터 현재까지 3,000년 가까운 역사를 담담하게 기술하는 『유대인들의 짧은 역사(A Short History of Jewish People)』라는 책을 만났다. 이 책을 보며 유대인들이 스스로의 역사를 인식하는 방식에 놀랐다. 각 지역 유대인들을 모두 정당성 있는 유대인으로 인정하는 사고방식이 깔려 있었기 때문이다. 가령, 이들은 팔레스타인 지역에서 살아온 유대인들이 미국이나 남미의 유대인보다 더 정통성 있다는 시각을 철저히 배제한다. 어느 지역에 정착했든지, 어떤 형태로 정체성을 유지했든지, 넓은 범주에서 각각을 독특하고 특별하고 동등하며 동시에 정당성이 있는 존재로 바라본다. 유대인의 역사와 정체성을 지리적으로 국한하지 않음으로써 더 다양하고 풍부한 역사를 자신의 것으로 흡수한 것이다.

어렸을 때부터 우리는 한민족의 역사를 한반도라는 지리에 국한된 개념으로 배워 왔다. 만약 우리가 한반도에 갇힌 역사가 아니라 세계 각지에 퍼져 사는 한인 디아스포라들의 역사로 한국사를 인식한다면 엄청난 세계관의 확장이 일어날 것이다. 한인들의 디아스포라사가 19세기 중반부터 시작된다고 하더라도 만주와 연해주, 중국으로 갔었던 한인들의 역사를 통해 청나라와 아편 전쟁, 러시아 혁명 등을 이웃 나라의 과거사가 아닌 우리 역사의 연장선에서 바라볼 수 있다. 하와이, 멕시코로 간 한인들의 역사적 맥락을 통해 당시 미국과 멕시코의 경제 상황을 해석할 수 있는 것이다.

이렇게 보면 디아스포라사를 배우는 것은 아주 중요하다. 재외 동포 한 명의 개인사가 타지, 타국과의 연결 고리가 되어 우리의 자아 인식에 큰 파장을 줄 수 있다고 믿는다. 나와 전혀 무관했던 쿠바의 역사가 헤로니모를 만나며 내 삶의 일부가 된 것처럼 말이다.

'다른 나라의 역사'가 '우리 동포의 역사'가 되는 작은 인식의 변화는 나에게 친밀감을 선사했고 타국의 역사까지 내 것으로 만드는 동력이 되었다. 고려사람의 역사, 재일 동포와 재중 동포의 역사, 독일 동포의 역사, 멕시코와 쿠바, 미국 한인들의 역사, 중동의 노동자와 아프리카 선교인들의 역사가 곧 우리의 역사, 나의 역사가 될 수 있다. 한인 디아스포라사는 한반도의 역사보다 더 넓고 풍부하다.

나를 찾고 나를 깨고
다시 나를 발견하다

평소에 철학자 최진석 교수와 강남순 교수를 존경해 왔던 나는 「헤로니모」를 계기로 두 분과 자리를 함께 할 기회를 운 좋게 얻었다. 나는 내가 생각하는 디아스포라 개념을 바탕으로 디아스포라를 통해 우리가 지리학적, 정치적, 사회적 의미 외에 어떤 것을 더 얻을 수 있을지 질문했다. 최진석 교수는 다음과 같이 말했다.

"사전적 의미로 나는 디아스포라의 일원이 아닙니다. 내가 태어난 조국 안에서 거주하며 살아가고 있기 때문이죠. 하지만 나에게 디아스포라는 지리적, 사회·정치적 개념이 아닙니다. 매일 나 스스로를 부수고 깨뜨리려는 사유 속에 작동하는 철학적, 존재론적 개념입니다. 나는 늘 디아스포라가 되려고 의식적으로 노력합니다. 내가 스스로 멈추고 안주하는 순간(stasis) 나 자신을 깨뜨려 밖으로 나가려고 하고(ecstasis), 주류가 되어 편해지는 순간 경계인이 되어 불편해지려고 하고, 안도감으로 느슨해지는 순간 나 자신을 부정해 다시 깨달으려는 과정을 반복적으로 되풀이합니다. 그런 의미에서 나는 디아스포라적 삶을 추구하고 살아갑니다."

최진석 교수의 말을 듣는 순간 뒤통수를 맞는 것 같았다. 그동안 내가 경험을 통해 느끼던 디아스포라로서의 정체성이 지리적 개념보다 더 큰 상위 개념이라는 것을 인식하게 된 것이다. 이민자, 난민, 이방인, 소수자와 같은 정치·사회·지리적 개념의 디아스포라를 경계에 서기, 자기를 정의하는 정체성 뛰어넘기, 비판적 사고하기, 고착화 거부하기 등의 디아스포라적 사유로 거듭나게 하는 그의 혜안이 놀라웠다.

그 후 미국에서 강남순 교수를 만났을 때도 비슷한 경험을 했다. 강 교수는 디아스포라적 사고는 지리적 경계에 국한된 개념이 아니며 인종, 성별, 국적, 계급, 종교, 성적 취향 등 인간을 형성하는 다양한 요소 속에 작동되는 철학적 사유이자 삶의 방식임을 확인해 주었다. 그는 한 민족의 본질을 수호하려는 시도에서 더 나아가 그것을 초월한 다양함, 혼합성을 알고 받아들일 때 진정한 디아스포라적 삶과 사유가 의미를 발휘할 수 있다고도 덧붙였다.

두 분과의 만남을 통해 나는 「헤로니모」를 작업한 지난 4년, 아니 내가 한인으로서의 정체성을 처음 고민하기 시작한 순간부터의 여정을 돌아보았다. 어느새 디아스포라는 조국 밖에 있는 나와 다른 한인들을 지칭하는 명사에서 디아스포라적 사유와 기능을 의미하는 동사가 되어 있었다. 「헤로니모」에 등장하는 유대교 랍비는 이런 이유로 디아스포라의 본질을 '고통에서 시작하지만 혁신을 낳을 수 있는 존재들'이라고 했을 것이다. 그 혁신성이란 전통과 유산을 재해석하고 현대화하고 새로운 환경에 접목시키며 더 확장된 자아로 거듭나게 할 수 있는 능력을 아우르는 개념일 것이다.

「헤로니모」가 국내에서 상영됐을 때, 해외 거주 경험이 없는데도 '디아스포라'라는 개념에 열광하는 분들이 많았다. 이미 디아스포라적 사유와 삶의 방식을 추구하는 분들이었을 것이다. 이처럼 디아스포라는 철학적 담론, 미래 지향적 사회 담론으로도 충분히 훌륭한 기능을 할 수 있다.

디아스포라는
상상력이다

'나는 누구인가'로 시작한 개인적 물음이 꼬리에 꼬리를 물고 이어져 철학과 존재론의 영역까지 접근했다. 한국인에서 재미 한인, 다시 한인 디아스포라로 이어진 자아 인식의 변화는 오랜 기간 동안 다양한 환경에 노출되며 유기적으로 진행된 과정이었다.

　그 출발점은 한국인이던 내가 미국의 소수 민족이 되며 느꼈던 혼란이었다. 더 이상 내가 자라고 이해했던 유일한 세계인 한국의 일원이 될 수 없을 것이라는 걱정으로 나는 새로운 소속감과 정체성을 찾아야만 했다. 그리고 LA 폭동 같은 굵직한 사건 등을 배우며 재미 한인이라는 새로운 정체성을 발견했다.

하지만 곧 그것을 뛰어넘는 경험을 했다. 각기 다른 환경에서 나와 비슷한 고민을 하고 있는 다양한 한인 디아스포라들과 마주치며 나의 경험을 보다 객관화할 수 있었다. 재미 한인이라는 정체성이 내 여정의 종착역이라 믿었는데 그곳에 도착하니 한인 디아스포라라는 다른 길이 펼쳐져 있었던 것이다.

하지만 이 역시 또 다른 환승역에 불과하다는 것을 깨닫는다. 비록 한인이 아니더라도 같은 고민을 안고 있는 타인종, 타민족과의 연대감, 즉 세계 시민 정신이라고 표현되는 또 다른 관문을 향해 나는 걸어가고 있는 중이다.

한국에 있으면 고민하지 않아도 될 코리안이라는 정체성과 씨름하며 디아스포라들은 혼란을 경험하지만 그만큼 더 확장된 세계관을 가질 수 있다. 단일 문화권에서 자라나는 이들보다 복잡하지만 그만큼 더 풍성한 자아를 갖출 수 있다.

하지만 실제 한인으로서의 정체성과 현지인으로서의 정체성, 이 이질적 두 세계를 건강하게 수용하고 내면화해서 삶을 영위하는 디아스포라는 생각보다 많지 않다. 우리의 이민사가 짧아서이기도 하고, 무엇보다 이민 1세대가 생존에 몰두하느라 후손들에게 건강한 이중 정체성과 디아스포라로서의 역할 등을 알려 줄 여유와 지혜가 부족했기 때문이기도 하다.

최근 BTS와 케이팝, 「기생충」 등으로 대표되는 대한민국 문화가 전 세계를 휩쓰는 현상을 디아스포라의 일원으로 지켜보는 일은 진정 경이롭다. 쿠바에서는 헤로니모 선생께서 말년을 바쳐 노력하셨던 한인 정체성의 복원을 BTS가 하루 만에 이루어 냈다는 농담까지 나올 정도이니까. 나이 어린 재미 한인 친구들이 예전보다 훨씬 저항감 없이 한인 정체성을 받아들이는 것을 보기도 한다. 이들이 건강하게 이중 정체성을 형성한다는 것은 무척 반가운 일이지만, 일시적이고 표면적인 현상에 그치지 않기 위해서는 의식적인 노력도 필요하다.

우선 한반도의 한인과 해외의 한인 디아스포라들이 함께 디아스포라라는 존재의 개념과 철학을 더 이론화, 담론화, 공론화해 나갈 수 있으면 좋겠다. 그리고 디아스포라에 대한 내러티브를 창작하고 표현해 나갔으면 한다.

나는 경력도 짧고 내세울 만한 업적도 없지만 적어도 지금 나의 사회적 존재 가치는 스토리텔러라고 생각한다. 스토리텔러란 일상에서 이야기를 발견하고 그 이야기를 통해 삶의 의미를 묻는 자일 것이다. 만약 그 질문을 통해 누군가가 삶의 희망적 동력을 얻을 수 있다면 금상첨화겠다.

나는 디아스포라라는 개념을 통해 한반도 밖의 한인들이 겪고 있는 정체성의 문제, 한반도 분단의 문제, 한반도 내 여러 다양한 집단의 평화로운 공존 문제, 그리고 한반도 밖의 이들과 한반도 내 이들의 관계를 건강하게 만들 실마리 혹은 하나의 가설을 제시하고 싶었다.

순진무구한 몽상이라고 치부될 수도 있지만 또 다른 한편으로는 흥미로운 가설, 가슴 뛰는 상상력일 수도 있지 않을까. 모든 문제를 해결한다는 현실적 기능의 차원이 아니라 정체된 현재에서 생각해 보지 않았던 상상력을 가능케 한다는 차원에서 디아스포라의 가치가 있을 것이다. 「헤로니모」를 따라간 이 책의 여정을 통해 아주 조금이라도 우리의 세계관이 확장될 수 있었다면, 새로운 상상력의 작은 씨앗이 심어졌다면, 더 이상 바랄 것이 없다.

2020년 11월, 재미 한인 단체의 도움으로 80여 명의 재미 한인들이 온라인 줌에서 모여 「헤로니모」를 시청했다.

그중 한 명은 헤로니모 선생의 딸 파트리시아였다. 2년 전 아들 센더와 미국으로 망명해 또 다른 디아스포라의 장을 연 그였다. 나는 파트리시아와 함께 영화를 보기 위해 여러 번 시도했지만 코로나 상황으로 번번이 실패했고 우리는 결국 줌을 통해 함께 자리하였다.

영화가 끝난 후 나는 파트리시아에게 소감을 물었고 나와 모든 참석자들은 숨을 죽이고 그의 말을 기다렸다. 경건한 정적이 지속되었고 그는 결국 울음을 터뜨렸다. 흐느끼던 그가 입을 열었다.

"조셉, 영화를 만들어 줘서 고마워요. 우리 아버지가 다시 세상에 나와서 많은 이들을 만날 수 있게 해 줘서 감사해요."

아름답고 복잡한 감정을 추스르며 나도 대답했다.

"파트리시아, 그날 저를 당신의 차에 태워 줘서 감사해요. 관광객이었던 저를 반겨 주시고 가족에게 소개해 줘서 감사해요. 헤로니모를 통해 제 자아를 찾고 제 열정을 남들과 공유할 수 있었던 저야말로 세상에서 가장 운이 좋은 사람입니다. 한 이방인에 대한 당신의 환대가 아버지 헤로니모를 저희 곁으로 부활시켰어요."

새로운 여정을
시작하며

「헤로니모」이후 "다음 작품은 어떤 것인가요?"라는 질문을 받을 때마다 나는 늘 "「헤로니모」는 저의 첫 번째이자 마지막 작품이 될 것입니다."라고 답했다. 「헤로니모」는 열정 프로젝트였지 새로운 커리어의 시작점이 아니었다. 코로나로 인해 「헤로니모」의 해외 상영이 일찍 종료되었을 때 나는 여기까지가 내 인생에서 '영화를 만들어 본 시절'의 전부일 거라고 생각했다. 하지만 2020년 7월, 우연히 펼쳐 든 신문에서 연말에 있을 미국 대선에 5명의 재미 한인들이 연방 하원직에 도전한다는 기사를 읽었다. 한 달 뒤, 나는 로스앤젤레스행 비행기를 탔다. 그리고 5명의 재미 한인 후보자들의 여정을 좇았다. 그중 4명이 미국 연방 하원에 당선되었고 이 글을 쓰는 지금, 나는 「CHOSEN」이라는 제목의 새로운 다큐멘터리를 편집 중이다. 인생은 정말 계획한 대로 되지 않는다.

2021년은 한인들이 쿠바에 이주한 지 정확히 100년이 되는 해이다. 중요한 것은 역사 그 자체보다 쿠바 한인들의 발자취와 현재 우리들의 삶 사이에 어떤 연관성을 발견하려는 시도일 것이다. 「헤로니모」를 한창 편집하던 2018년 여름 어느 날, 꿈을 꾸었다. 꿈속에서 나는 과거를 여행하는 중이었고 다른 한인들과 함께 아바나 공항에서 내려 에네켄 선인장이 무성한 한 농장에 도착했다. 우리를 인도해 줄 누군가가 멀리서 걸어왔는데 내가 아는 얼굴이었다. 바로 헤로니모 선생이었다. 뜨거운 햇빛에 그을린, 주름살 가득한 그의 얼굴을 보며 나는 존경한다고 말했다. 그는 "무슨 소리지?"라며 어리둥절해했다. 그는 나에게 느리지만 정확한 영어로 여러 가지를 물었다. 나는 흥분을 가라앉히지 못하고 "선생님은 저를 모르시지만 저는 선생님을 알고 있습니다. 저는 미래에 우연히 당신 딸의 차에 타게 되어 당신에 대한 영화를 만들게 됩니다."라고 횡설수설했다.

그는 사진에서 봤던 인자한 미소로 지그시 나를 응시했다.

그와 더 이야기를 나누고 싶었지만 잠에서 깼다. 목이 텁텁한 것을 보니 잠꼬대를 한 모양이었다. 나는 「헤로니모」를 제작하며 그를 알았던 많은 이들을 만났지만, 정작 헤로니모 선생은 만날 수 없었다. 새벽녘, 비록 꿈이었을지언정 나는 정말 나의 영웅을 만난 것 같아 뭉클한 감정으로 침대에 걸터앉아 희미해지는 꿈의 내용을 노트에 옮겼다.

우주의 영원함 속에 찰나같이 스쳐 지나가는 삶에서 어쩌면 우리 모두는 디아스포라일 것이다. 내 것이라 주장할, 영원한 나만의 수식어는 없을지도 모른다. 각자 자신의 자리에서 스스로를 알아 가고 자기 삶의 비밀을 나름대로 풀어 가려는 소중한 벗들이 존재할 뿐이다. 나는 디아스포라라는 존재들에 내재된 디아스포라적 사유를 통해 우리가 다 같이 평화롭게 공존할 수 있는 세상을 상상해 보았다. 누군가가 디아스포라에 가치와 의미를 부여하지 않는다면 그들은 존재하더라도 존재하지 않을 것이기에.

끝으로 책이 나올 수 있게 도움을 주신 박선영 국장님과 황수정 편집자를 비롯한 출판사분들, 틈틈이 원고를 살펴보며 진심 어린 조언을 건네 준 친동생 의석과 하와이에 있는 이진영 누나, 책의 내용을 채워 준 수많은 디아스포라 벗들, 특히 쿠바 한인들과 혜로니모 선생께 감사를 표한다. 무엇보다 내가 가장 고유한 내가 될 수 있게 늘 기도와 사랑으로 응원해 주신 아빠 엄마께 이 책을 바친다.

책에 담긴 사진

24~25쪽   형형색색의 차들이 누비는 아바나 시가지. 오래된 건
물들 탓에 마치 시간이 멈춘 것 같다.
ⓒ 디아스포라 필름 프로덕션

26~27쪽   이리저리 오가는 사람들과 자전거 택시로 북적대는
아바나의 어느 골목.
ⓒ 디아스포라 필름 프로덕션

34쪽   헤로니모 임의 20대 시절 모습. 그는 보다 나은 사회를
위해 쿠바 혁명에 참가하고 시를 읊던 이상주의자였다.
ⓒ 헤로니모 가족

42~43쪽   아바나 시가지가 광활한 노을 덕분에 멋지게 빛난다.
ⓒ 디아스포라 필름 프로덕션

99쪽   한국의 1970~1980년대를 연상시키는 연변의 시가지.
ⓒ 전후석

131쪽   헤로니모가 향년 75세 때 쓴 쪽지. 한글을 완전히 잊
어버렸던 헤로니모는 말년에 한인 선교사들의 도움으
로 한글을 다시 배웠다.
ⓒ 이일성 선교사

당신의 수식어
더 큰 세상을 향한 전후석의 디아스포라 이야기

초판 1쇄 발행 • 2021년 8월 15일
초판 3쇄 발행 • 2023년 1월 6일

지은이 • 전후석
펴낸이 • 강일우
편집 • 황수정 박민영
조판 • 이주니
펴낸곳 • (주)창비교육
등록 • 2014년 6월 20일 제2014-000183호
주소 • 04004 서울특별시 마포구 월드컵로12길 7
전화 • 1833-7247
팩스 • 영업 070-4838-4938 / 편집 02-6949-0953
홈페이지 • www.changbiedu.com
전자우편 • textbook@changbi.com

ⓒ 전후석 2021
ISBN 979-11-6570-079-9 03810